엄마는
아직도
여전히

엄마는 아직도 여전히

ⓒ 호원숙 2015

1판 1쇄 발행 2015년 1월 22일 **1판 5쇄 발행** 2021년 1월 22일

지은이 호원숙 **사진 제공** 호원숙 **촬영** 이병률
편집 이희숙 박선주 **모니터링** 이희연
디자인 김현우 백주영 **제작** 강신은 김동욱 임현식
마케팅 백윤진 이지민 **홍보** 김희숙 김상만 이소정 이미희 함유지 김현지 박지원

펴낸이 이병률
펴낸곳 달 출판사 **출판등록** 2009년 5월 26일 제406-2009-000034호
주소 10881 경기도 파주시 회동길 455-3
전자우편 dal@munhak.com **페이스북·트위터·인스타그램** dalpublishers
전화번호 031-8071-8682(편집) 031-8071-8671(마케팅) **팩스** 031-8071-8672

ISBN 978-89-93928-95-2 03810

엄마는
아직도
여전히

엄마 박완서를
쓰고
사랑하고
그리워하다

호원숙 지음

달

차례

2장 그후

3장 고요한 자유

엄마는
아직도
여전히

볕바른 늦가을 어머니가 주무시던 방에 문창호지를 새로 발랐습니다. 가족들과 함께해도 하루종일 걸리는 일이었는데, 해지고 낡았던 창호지를 뜯어내어 문틀의 먼지를 닦아 물기를 말리고 한지를 반듯하게 붙여 네 쪽 창문을 달아놓고 나니 겨울 준비를 다 끝낸 것처럼 뿌듯했습니다. 빈틈이 없으면서도 따뜻하게 된, 어머니에게 분명 칭찬을 받을 것 같은 일이었습니다.

그 방에서 어머니가 세상을 떠나신 지 사 년이 되었습니다.

그날을 잊을 수가 없습니다. 어머니가 돌아가시기 일주일쯤 전이었을까? 그렇게 홀연히 가실 줄은 몰랐지만 글을 읽거나 쓸 수 없을 만큼 기력이 없으셨기에 시집이나 신문을 소리내어 읽어드렸습니다. 침대 머리맡에서. 그날은 제 글을 읽어드렸습니다.

〈비아의 뜰〉이라는 제목으로 자유롭게 쓴 글들이었습니다. 누워 계신 어머니에게 저의 글을 읽어드리고 싶었습니다. 의외로 어머니는 귀기울여 들으시더니 작은 목소리로 "어디 들어가면 볼 수 있니?" 하며 관심을 보이셨습니다. 저에게는 안타까운 기쁨이었습니다. 저는 어머니의 침상 곁에서 소리내어 글을 읽으며 저도 모르게 눈물이 솟았습니다. 어머니의 시간이 얼마 남지 않았다는 예감이었을까요? 그렇게 읽어드리려던 것이 1장 〈그전〉에 실린 글입니다. 저는 그것이 마냥 이어지길 바랐지만 몇 꼭지 읽어드리기도 전에 어머니는 떠나셨습니다.

2장 〈그후〉에 실린 글들은 어머니가 돌아가신 후 아치울 집을 떠나지 못하고 쓴 것들입니다. 그리움으로 슬픔으로 애모의 정으로 쓴 글입니다. 나도 모르게 동어반복을 하고 있지만 늙은 딸의 엄마 타령이라고 어여삐 보아주시길 바랍니다.

3장 〈고요한 자유〉는 연재했던 칼럼 중에서 가려 뽑은 것에다가 외할머니 이야기를 덧붙였습니다. 돌아가시기 전 유난히도 할머니 생각을 하신 어머니가 생각납니다.

저는 아직도 엄마를 부릅니다. 아무런 목소리를 들을 수 없지만 엄마의 책을 펼치면 방금 넘긴 원고 같은 활기가 여전히 살아 있어 놀랍기만 합니다. 때로는 따갑고 날카롭고 준엄하다가도 따뜻한 기운을 퍼지게 하는 엄마의 세계가 있습니다. 땅을 딛고 시대를 살아온 엄마의 영혼이 있습니다.

눈보라가 치기 전날 마당 한켠에 구근을 심었습니다. 남편은 깊은 삽질로 땅을 파주고 나는 백자같이 하얗고 단단한 뿌리를 흙속에 심으며 새봄에 기적처럼 피어날 튤립 꽃밭을 상상합니다. 어린 손녀딸들과 함께 꽃잎에 입을 맞추고 볼을 부비고 가벼운 웃음소리가 가득할 뜰을 그려봅니다.

어릴 적 사진으로 기억의 숨결을 불어넣어주고 아름답게 책을 완성해준 이병률 대표와 꼼꼼하게 정리해준 김지향 에디터에게 감사함을 전합니다.

무엇보다 가족들에게 끔찍이 사랑하고 감사하다는 말을 전하고 싶습니다.

아치울 겨울 마당에서
호원숙

1장

그전

엄마 예찬

최근에 나온 영화 〈리더: 책 읽어주는 남자〉를 보다가 한 장면에서 오랫동안 잊고 있었던 기억이 불현듯 떠올라왔다. 케이트 윈슬렛의 아름다운 금발과 벗은 옆모습이 비춰지는데 어릴 때 방에 누우면 눈에 들어왔던 액자 하나가 생각났다. 너무 오래된 일이다. 작은 한옥 방문 위에 걸려 있었던 흑백사진.

엄마는 1950년대 초반 잡지 『라이프』에 나왔던 사진을 오려 액자로 만들어 걸어놓았는데 국제사진 콘테스트에서 특상을 탄 것이라 했다. 나뭇등걸을 잡고 물가에 서 있는 두 여인은 옷을 다 벗은 채였는데, 그 모습이 신비롭고 아름다워 그리스 여신 조각 같기도 하고 선녀 같기도 하고 이 세상 사람 같지가 않았다. 그 당시에는 가족들 사진을 모자이크처럼 더덕더덕 붙여 하나의 액자에 넣어놓는 것이 유행이었지, 여인의 나체 사진을 방에 걸어놓은 집은 없었던 것 같다. 다리를 자연스럽게 구부려 중요한 부분은 가리고 있었지만 그 나체는 너무 아름다웠다. 엄마는 그걸 왜 안방에 걸어놓으셨을까. 나중에는 누렇게 바래고 하얀 나무테의 액자도 낡아 부서져 집수리를 하면서 어느 순간 치워져버리고 말았지만 그 사진은 꽤 오랫동안 방에 걸려 있었다.

지금 생각하면 아이를 줄줄이 낳고 시어머니를 모시고 하루 세끼 뜨신 밥을 차려야 했던 엄마에게 방에 걸린 여인의 나체 사진은 파격이었을지 모른다. 그러나 지금처럼 그림과 사진이 넘쳐나던 때가 아니었으니 척박했던 시절 사진 한 장이 아름다움에 대한 갈증을 채워주고 신선한 위안이 되었으리라고 생각한다. 어린 나에게는 벽에 붙은 사진 한 장을 바라보는 것만으로도 아름다움이란 어떤 것인지 가르쳐주었던 것 같다. 또 한 장의 사진 때문에 우리집은 다른 집과는 특별하고 다르다는 생각을 가질 수 있었는지도 모른다.

온돌방에는 낮에도 이불이 깔려 있고 늘 식구들은 아랫목 이불 밑에 발을 집어넣고 있다. 나의 어린 시절 방 풍경인데, 지금 생각하면 전생의 일처럼 아득하다. 그러나 그 느낌이 너무 선명하여 이불의 감촉이나 엄마의 치맛자락에서 나던 냄새까지도 떠올라오듯이 기억이 되살아난다. 그때 엄마는 글쓰는 사람이 아니었지만 항상 책이 곁에 있었고 무릎에는 스웨터를 짜던 뜨개질 바늘과 털실이 있었다.

그 시절은 참으로 평화로웠다. 엄마가 만들어준 평화였다. 나는 어릴 적 환경이었던 그 평화로운 아름다움이 내 평생을 지속하는 따뜻하고 행복한 정서로 배어 있는 것에 항상 감사한다.

어머니가 글을 쓰시기 시작한 지 사십 년이 되어간다. 칠십대의 후반을 보내고 있는 엄마는 지금도 쌀을 씻어 밥을 안치고 된장찌개를 끓이고 냉장고를 정리하고 쓰레기를 분리하는 살림을 계속하고 있다. 가족과 좋아하는 사람을 위해 밥상을 차리는 일에 손을 놓지 않고 지속하고 있다.

거의 매일 찾아오는 방문객을 맞는 일, 우편물과 택배소포를 받아 뜯어 정리하는 일, 그리고 원고 청탁을 받거나 거절하는 일, 마당의 꽃밭을 가꾸는 일, 그리고 음악회나 전시회 혹은 영화를 보는 것, 신간서적이나 문학잡지를 읽는 엄마의 시간은 전문작가로서의 소임과 보통 여자로서의 생활이 날실과 씨실처럼 촘촘히 짜여 있다.

내가 엄마를 존경하는 것은 주어진 일정을 해내는 모습이 물 흐르듯 자연스럽게 흘러가 빡빡하거나 유난스럽게 보이지 않는 것이다. 엄마의 몸 움직임은 조용하고 작지만 빠르다. 손힘은 깅하고 야무져서 항상 결과물은 놀랍도록 알차고 완벽하다.

나이가 들어가시면서 일의 양을 조절하고 몸의 상태와 의논하면서 지내는 현명한 지혜는 본받고 싶은 덕목이다. 그리고 새로운 것에 대한 호기심을 버리지 않아 정신적인 젊음을 유지하신다. 힘겨워하면서도 쏟아져나오는 젊은 작가들의 작품을 읽는 것을 게을리하지 않으신다. 세상이 돌아가는 것을 외면하지 않고 적당한 노동을 피하지 않으신다. 꼿꼿이 허리를 세우고 걷고 아직도 혼자 다니실 때는 지하철이나 대중교통을 이용하시면서 세상 사람들과의 부딪침을 피하지 않는다. 엄마는 폐지를 주워가는 할머니, 우체부 아저씨, 야채 파는 아줌마, 정원사나 집을 고쳐주는 아저씨들과 친밀함을 유지하신다. 그건 필요에 의한 것이라기보다 그들에 대한 감사와 존중이기에 언제나 서로 진심이 전해진다. 육체노동을 하는 사람들에 대한 감사와 존경심에서 작품의 소재가 끊임없이 솟아나오고 또한 다양한 독자층을 가지고 있다고 생각한다.

내가 좋아하는 어머니의 작품은 엄마의 어린 시절과 우리 가족의 체험이 그대로 들어 있는 것이다. 『그 많던 싱아는 누가 다 먹었을까』와 『그 산이 정말 거기 있었을까』와 같이 거의 자전적인 작품을 좋아한다. 엄마의 작품에는 우리 가족의 역사가 들어 있다. 내용뿐만 아니라 그 작품을 쓰실 당시 우리 가족의 모습도 들어 있다. 아버지의 마지막 모습을 묘사한 「여덟 개의 모자로 남은 당신」은 아버지가 보고 싶을 때 가끔 꺼내본다. 할머니가 생각날 때는 「해산바가지」를 꺼내본다.

　나는 일주일에 두세 번 엄마한테 간다. 엄마가 나를 필요로 해서 미리 약속을 해놓을 때도 있지만 내가 그냥 엄마가 보고 싶어 갈 때도 있다. 요즘 같으면 엄마가 좋아하는 달래무침이나 오이소박이를 좀 넉넉히 해서 덜어 갖다드리는 것 정도이다. 세제나 휴지 같은 무게 나가는 생필품을 사 가는 것, 시장을 같이 보는 것, 책을 정리하는 것이 내가 해드릴 수 있는 정도지만 나머지는 어머니 스스로 해결하신다. 내가 할 수 있는데 엄마가 못하는 건 자동차 운전 정도다.

　봄이면 꽃시장에서 수선화나 튤립 뿌리와 꽃모종을 사다 차에 실어나르는 것은 엄마와 내가 의견의 충돌 없이 무조건 좋아하는 일이다. 내 차에 엄마를 모시고 외출할 때는 마음이 으쓱해지고 흐뭇해진다.

　엄마에 대한 예찬은 아무리 해도 지나치지 않을 것이다. 그러나 모녀가 아무런 갈등이 없었다고 하면 그것도 거짓말이다.

　나는 어느 순간 엄마의 세계에 내가 함몰되어버리는 느낌을 받았다. 딸로서 엄마를 사랑하고 작가로서 존경하지만 내 생활에서 엄마의 비중이 커질수록 나 자신에 대한 욕망이 솟아올랐

막냇동생 원균이 어머니를 위해 만들어준 작은 퀼트 가방.
어머니는 간단한 외출을 할 때 이 가방을 즐겨 들으셨다.
멀리 떨어져 살았던 막내의 따뜻한 마음을 느끼시려는 듯.

다. 내 글을 쓰고 싶은 욕구가 눌려 있다는 걸 발견했다. 숙제를 채 마치지 못한 아이처럼 안절부절못하는 마음이 남아 있었다.

나는 아주 조금씩 글을 쓰기 시작했다. 엄마라는 큰 산을 그저 멀찍이서 바라보면서 나의 작은 언덕을 일구기 시작했다. 엄마처럼 완벽하고 쫀쫀하지는 않지만 내 문체를 갖게 되었다. 허술하고 부족하지만 내 세계를 가졌다는 것은 말할 수 없는 기쁨을 가져다주었다. 아직 엄마의 집중력을 감히 따라갈 수 없지만 새로 시작하는 나의 자유로운 세계가 있다는 것이 스스로 대견스럽다.

칭찬의 말을 아끼시는 엄마도 처음 낸 내 책을 보시고 반듯한 글이라고 칭찬을 해주셨다. 나는 안다. 엄마 마음에 꽉 차지 않는다는 걸. 그러나 엄마라는 큰 나무 그늘 아래서 딸이 하는 수고를 고맙게 생각하신다는 것도 안다.

우리 형제들이 모이면 하는 이야기가 있다. 우리는 좋은 유전자를 받았어. 그 좋은 유전자는 명석한 아이큐라기보다는 밝고 명랑한 심성이다. 우리 가족에게 정말 어렵고 슬플 때도 있었지만 오랫동안 어둡고 슬픈 얼굴을 하지 못하고 생의 기쁨을 느끼고 운명을 겸허히 받아들이는 유전자. 나는 우리 가족이 그런 유전자를 지닌 것에 항상 감사한다.

엄마가 밝게 웃으시면 사랑이 우러난다. 사랑이 모든 것을 완벽하게 한다. 아무리 만인의 사랑과 존경을 받는 베스트셀러 작가라도 딸이 엄마를 사랑하지 않는다면 얼마나 허망할 것인가.

아버지의 사진

　얼마 전 어머니께 갔더니 안방 문갑 위에 못 보던 사진이 한 장 놓여 있었다. 가로 3센티미터나 될까 싶은 흑백사진이었는데, 아버지가 교복을 입고 앉아 계신 사진이었다. 아마 사진관에서 찍으신 것 같았다. 사진이 어찌나 선명한지 안경 속의 눈빛과 얼굴과 귀의 윤곽까지도 뚜렷했다. 비스듬히 앉은 옆에는 장식용 꽃병이 놓여 있고, 손에는 동그랗게 만 상장을 들고 있다. 무슨 상장일까. 어머니는 "아버지가 학교 다닐 때 무슨 상을 타셨다더라. 아무튼 일본 사람들이 그렇게 사진을 찍어주었다네" 하신다.

　나는 아버지가 무슨 학교를 나오셨는지 모른다. 또 아버지가 살아 계실 때 학교에서 상을 탔었다고 자랑하시는 걸 들은 적이 없다. 내가 초등학교에 다닐 때에는 가정환경 조사서에 부모의 학력을 쓰는 란이 있었는데, 우리들 기가 죽을까봐 아버지는 무슨 전문대를 졸업했다고 쓰신 것 같다. 그것도 물론 엄마가 써주신 거지만.

일제시대에는 있었지만 해방 후에는 없어진 공업학교에서 아버지는 측량을 공부하셨다고 한다. 지금도 아버지가 쓰시던 오래되었지만 정교한 측량기구가 든 나무상자가 서랍 깊숙이 들어 있다.

너무나 젊고 준수한 얼굴의 아버지가 상장을 들고 앉아 있는 사진을 오래도록 들여다보고 있으니까 아버지의 젊은 영혼이 나에게 신선하게 전해져오는 것 같았다.

지금의 나의 아이들보다도 젊은 청년의 얼굴이다. 그 얼굴에도 자만함이 없고 아버지 특유의 무표정이 담겨 있다. 그러나 딱딱하지 않은 표정으로 세상을 멀찍이서 그윽하게 바라보는 따뜻한 눈빛이다. 귀족적인 여유까지 보이는 풍모여서 홀어머니와 살면서 고학으로 간신히 학교에 다닌 사람처럼 보이지 않는다.

평생 한 번도 화를 내거나 큰소리를 내신 적이 없고 누구를 원망하신 적도 없는 아버지다. 우리들을 보실 때는 눈에 사랑을 가득 담았지만 그것조차도 멀리서다. 모든 걸 어머니한테 맡기셨다.

그 사진을 내어놓으신 걸 보니 어머니도 아버지가 그리우셨나보다. 사진 속에서 항상 젊으신 아버지. 세상의 모든 아버지들이 우리 아버지 같지 않다는 걸 다 커서야 알게 되었다. 자식에게 상처를 주는 아버지가 있을 수도 있다는 걸 나중에야 알았다.

어릴 때 아버지는 돈을 잘 벌어오는 능력 있는 가장이셨고 걸어가면 골목이 훤해지는 멋쟁이셨다. 어머니는 매일 아침 아버지와 마주서서 넥타이를 매어드렸고 조석으로 부엌에서 손수 차리신 밥상을 들고 올라오셨다. 아버지는 독상을 받으시는 때가 많았다. 그리고 저녁에는 진로소주 반병으로 반주를 즐기시며 천천히 저녁을 드셨다. 아버지는 집에서 왕이셨고 가족을 끔찍이 사랑하고 신뢰했다. 특히 어머니에 대해서는 절대적이었다. 그에 비하면 할머니한테는 한 번도 어머니라고 부르시는 적이 없을 정도로 무관심하셨다.

그런 무심한 외아들을 할머니는 조금도 원망하지 않았다. 할머니는 손주들과 아들에게 그저 정성을 쏟을 뿐 외아들에게 사랑을 갈구하지 않으셨다.

할머니가 돌아가신 지 삼십 년이 가깝지만 할머니 생각이 많이 난다. 나에게 무슨 일이 일어나면 불구덩이에라도 뛰어들 사랑을 보이신 할머니는 아무런 보상을 바라지 않고 사랑해주신 것 같다. 계산도 없고 저울질도 없이 부어넣어주던 그 사랑이 가끔 그리울 때가 있다.

어릴 때는 할머니가 한글도 다 깨우치지 못하고 바깥출입도

못하시니까 할 수 없이 무조건 가족에게 사랑을 베푼다고 생각했다. 그런 사랑이 쉰이 넘은 나에게 힘이 될 줄은 생각도 못했다. 할머니를 생각하면 따뜻한 목욕물 속에 몸을 담그고 있는 편안함을 지금도 느낄 수 있다. 할머니는 사랑이란 이 세상을 떠난 후에도 그대로 남아 있다는 교훈을 주셨다.

나는 아버지께 특별히 효도한 것이 없다. 그냥 내리사랑을 받았을 뿐이다.

아버지가 돌아가시기 전해였다. 어머니와 같이 오신 부산 나들이가 우리집에 오시는 마지막이 될 줄은 몰랐다. 그때는 이미 아버지 몸에 암이 많이 퍼지고 항암치료 후 머리카락은 다 빠져 모자를 쓰고 오셨는데도 몇 달 뒤 돌아가시리라고는 생각 못했다. 아버지는 늘 맛있는 밥상을 받는 것이 인생의 가장 큰 낙이셨는데, 그날은 가지나물이 드시고 싶다고 하셨다. 나는 재빨리 가까운 가게에 들러 가지를 사다가 아버지가 좋아하는 식으로 가지나물을 해드렸다.

"빨리도 무쳤구나."

아버지는 이렇게 입맛에 당기는 음식을 즐기시는 미식가였다. 그런데 왜 가지나물이었을까?

젊은 시절 아버지는 돈도 많이 버시고 잘나가는 가장이었지만, 시대에 적응을 못하고 사양길에 접어드셨다. 장사도 예전만 못하고 공장도 성공하지 못했다. 그러나 아버지는 손에 까만 때를 묻히며 열심히 노력하는 모습을 보여주셨다. 그리고 어머니가 글을 쓰시는 걸 멀찍이서 도와주셨다. 아버지의 그런 모습이 우리에게는 큰 유산이었다.

엄마의 교육

　아버지와 할머니는 무조건적인 사랑을 부어주었지만 어머니는 달랐다. 맏딸인 나에게는 어릴 때부터 어른 취급을 했다. 아이들이 다섯이나 되다보니 어머니의 눈빛 하나로 통제를 했다고나 할까. 학교에 들어가기도 전에 이미 한글을 가르쳐주셨고 맏이인 나에게는 철저히 공부를 시키셨다. 나는 동생들에 비해 그리 영특하지 못했고, 미술이나 음악 체육 같은 특기에도 소질이 없었다.

　지금도 생각난다. 여름방학 때마다 그림일기를 제대로 못 그려 어머니가 밑그림을 그려주었던 걸. 오죽 답답하셨으면 노란색 크레파스로 밑그림을 그려주셨을까. 나는 겨우 그 선을 따라 색깔을 채워넣었다.

내가 중학교에 들어가 배지를 달고 난 이후에는 거의 간섭을 하지 않으셨다. 무슨 공부를 어떻게 하고 있는지 나에게 관심을 가질 여력이 없으셨던 것이다. 줄줄이 동생들의 입시가 기다리고 있었으니까.

나는 그 틈을 타서 중학교에 들어간 후 나태해져 학업을 게을리했다. 그냥 일류학교의 교복만 입었을 뿐 겉멋이 들었다고나 할까. 중학교를 졸업할 때까지 성적은 미끄럼을 타듯이 떨어져내렸다. 그러더니 드디어 졸업을 앞두고 나온 마지막 성적은 거의 꼴찌에 가까웠다. 중학교 3학년이 되도록 인수분해가 무엇인지, 영어에서 5형식이 무엇인지도 몰랐고, 아이들이 재미있어하는 세계사 시간에도 어딘가를 헤매듯 꾸벅꾸벅 졸아댔으니…….

나는 어머니에게 마지막 성적표를 보여드리지 않겠다고 하며 고등학교에 가서는 새로운 생활을 해보겠다고 말했다. 어머니도 그때 정신이 드셨는지 어쩔 수 없으셨는지 나를 믿어주셨다. 성적표를 굳이 보자고 하지도 않으셨고 꾸짖지도 않으셨다. 그저 내 결심을 그대로 받아들여주셨다. 나는 지금도 그 순간을 정말 감사하고 있다. 동생들에게 언니의 권위를 잃지 않도록 형편없는 성적표를 공개하지도 꾸짖지도 않고 믿어준 어머니가 참 고맙다.

어머니가 가장 강조하신 것은 형제 간의 우애였다. 동생을 돌보고 사랑하는 것은 다른 무엇보다 중요했다. 남들이 들으면 거짓말이라고 할지 모르지만, 여태껏 형제 간에 한 번도 언성을 높이고 다툰 적이 없다. 나이가 들면서 의견이 다른 적은 있었지만, 서로 의가 상하여 다툰 적은 없다. 어릴 때부터 아무리 부자라도 형제 간에 싸우는 것은 부끄러운 일이고 정말 있을 수 없다는 분위기였다. 그만큼 어머니의 사랑은 권위가 있었다.

얼마 전 어머니의 친구분들이 오셔서 같이 점심을 한 적이 있었는데 동생도 자리를 같이 했었다. 동생과 내가 옆자리에 앉아 둘이서 속삭이며 이야기하는 모습이 다정해 보였던지 어머니 친구 한 분이 "그렇게 형제를 낳아준 게 너희 엄마의 선물이다" 그러셨다.

내가 또 어머니에게 진심으로 감사하는 게 있다. 자식들에게 자유를 준 것이다. 전공을 선택할 때도 연애도 결혼도 중요한 결정을 할 때마다 우리의 자유의사를 존중해주었다. 나는 그걸 당연하게 생각했는데, 성장해서 내가 가정을 갖고 아이들을 키우다보니 자유롭게 놓아두는 것이 가장 어렵다는 걸 깨닫게 된다. 스스로 선택하고 그 선택에 책임을 지게 하여 독립된 개체로서 키워지는 것이 얼마나 힘든 일인지. 어쩜 부모 자식 간에 문제가 생기는 것은 그런 자유의지와 자립의 문제 때문인지도 모른다.

어머니는 그걸 잘하셨고 또 좋은 표양을 보여주셨다. 설사 우리의 선택이 마음에 들지 않더라도 내색을 하지 않고 지켜보신다. 자식에 대한 기본적인 믿음이 깔려 있기 때문일 것이다. 그리고 자유의 가치를 가장 잘 아시기 때문이리라.

젖 먹여 키운 아이

나는 결혼할 당시 『뿌리깊은 나무』라는 잡지사에 다니고 있었는데, 유능한 기자는 아니었지만 특별한 경험이었다. 그만둔 지가 삼십 년이 다 되어가는데도 지금도 가끔 직장 꿈을 꾼다. 그만큼 순간순간 내 무의식을 지배할 정도로 큰 비중을 차지하는 사회 경험이었다. 회사에 다니던 중 결혼을 했기 때문에 결혼 전엔 친정에서 다니다가 주소가 바뀌고 생활 패턴이 달라졌다.

생전 처음 아파트 생활을 하게 되었고 그리고 첫아이를 갖게 되었다. 직장에 다니는 중 인생의 가장 대사인 결혼과 임신을 하게 된 것이다. 첫아이를 가지고 배가 불러오기 시작하자 나는 어느 날 사표를 내었다. 계속 고민을 했다고는 하지만 이미 예정된 순서이기도 했다.

이듬해 첫아이를 낳았다. 그때는 우리집에 전화도 없었다. 산달이 다가오자 어머니는 친정에 와 있으라고 하셨다. 남편은 아이 낳기를 기다리며 혼자 집에서 출근을 하고.

보문동의 친정 한옥에서 겨울을 맞았다. 그해 겨울은 유난히 추워 타일바닥에 얼음이 쩍쩍 붙었다. 집안 식구 모두 미끄러질까봐 조심조심 다녔고 특히 나한테는 더욱 조심을 시켰다. 지금도 생각난다. 어머니가 천천히 발을 떼며 시장을 보아오시던 그해 겨울을.

예정일이 일주일쯤 남았는데 새벽부터 아랫배에 진통이 왔다. 어머니는 아픔이 규칙적이어야 정말 진통이라고 하셨다. 가끔 가진통이 올 수 있다고 했다. 처음에는 띄엄띄엄 오지만 점점 시간이 갈수록 그 간격이 줄어들다가 아주 심해져야 드디어 낳을 수 있다고 했다. 눈앞이 노래질 정도로 배가 아파야 아이가 나온다는데.

새벽에 집안 식구들을 깨우고 어머니는 첫아이라 산통이 온종일 계속될 수도 있다며 안방에서 토스트를 굽고 미리 준비해놓은 양념한 고기를 끼워주신다. 나는 잘 먹는다. 아직 해가 뜨지도 않은 꼭두새벽에. 안방에 나를 둘러싸고 가족 모두 잠을 깨어 둘러앉았다. 다시 올 수 없는 시간이고 풍경이다. 마치 입학시험을 치르러 가는 날의 새벽과 같은 분위기이다.

아버지와 동생이 동행을 하고 택시로 연건동의 대학병원으로 갔다. 아직 병원 문을 열지 않았는데 아이를 낳으러 왔다고 하니 수위 아저씨가 이상하다는 듯 쳐다보다가 문을 열어주었다. 아이 낳으러 온 사람치고는 너무 멀쩡해 보였나보다. 배를 움켜쥐지도 않았고 겨울 코트에 가려 그리 배가 불러 보이지도 않았다. 게다가 새벽부터 고기 다진 섭산적까지 든든히 먹었으니 씩씩할 수밖에.

엄마 말대로 진통이 점점 작은 간격으로 다가왔다. 아이 낳는 진통보다 더 고통스러운 일이 분만을 위한 준비 과정이다. 관장을 하는 등 준비하는 과정이 육체적으로 더 곤혹스러웠다. 신새벽이니 "아무것도 안 드셨죠?" 하며 간호원이 물어보는데 너무 창피해서 "조금 먹었는데요" 했다. 그 아침 우리집 안방에서 고기까지 구워먹는 풍경을 간호원이 상상이나 할 수 있을까? 게다가 어머니는 애를 쑥 잘 낳으려면 그 전날 돼지고기 삶은 걸 먹였어야 한다고 아쉬워하셨으니······.

아무튼 새벽부터 오후 세시까지 열 시간 가까이 진통은 계속되고 드디어 분만실의 눈부신 조명 아래서 첫아이를 낳았다. 순산이었고 내 몸에서 하나의 생명체가 빠져나가는 체험은 정말 대단했다. 그리고 아기의 첫 울음소리를 들었을 때의 감동은 무엇과도 비유할 수 없는 특별한 경험이었고 놀라운 순간이었다. 순산을 할 수 있었다는 게 너무 고마웠다. 흔히 영화에서 배우들이 아이를 낳는 장면에서는 끔찍하게 이를 악물고 무언가를 붙잡고 악을 쓰는 건 좀 과장인 것 같았다. 그렇게 아프지 않아서가 아니고 참을 수 있었고 간헐적으로 진통이 올 때마다 즐거운 상상을 했던 것 같다. 내 생애 행복했던 장면들을 떠올리고 또 다가올 즐거운 장면들을 그려보며 참아냈던 것 같다.

마취에서 깨어나 병실로 옮겨오는 침대 위에서 보았던 남편의 표정을 지금도 잊을 수 없다.

신혼초 항상 티격태격했던 아직 이십대였던 두 사람이 무슨 철이 있었을까. 남편의 얼굴이 순수한 기쁨에 가득차 있었다. 자랑스러움과 사랑이 충만한 얼굴을 보며 아이가 내 몸에서 빠져나올 때의 순간을 다시 생각했다. 나는 무엇과도 바꿀 수 없는 엄마라는 이름을 얻었다.

그러나 병실로 옮겨진 후 신생아실에서 아기를 받아 안았는데 아기는 낯설었다. 나를 닮지도 남편을 닮지도 않았고 시아버님의 인상이 떠올랐다. 이마는 쭈글쭈글했고 붉은 기가 가득했다.

어머니가 우리를 낳을 때는 할머니가 산구완을 해주셨다. 무슨 일이 있어도 삼칠일 동안은 산모를 밖에 나가지 못하게 하고 산모를 위해 미역국을 차려 올렸다. 그런 할머니의 정성은 거의 종교에 가까운 신성한 것이었다.

우리집에는 해산바가지가 두 개 있었다.

엄마의 숨결까지 느껴지는, 그 포플린 저고리의 감촉과 냄새까지 생생한 듯.

"잘생기고 여물게 굳고 정한 데서 자란 햇바가지여야 하네. 첫 손자 첫국밥 지을 미역 빨고 쌀 씻을 소중한 바가지니까." 이러 면서 후한 값까지 미리 쳐주는 것이었다. 그럴 때의 그분은 너 무 경건해 보여 나도 덩달아서 아기를 가졌다는 데 대한 경건한 기쁨을 느꼈었다. 이윽고 정말 잘 굳고 잘생기고 정갈한 두 짝 의 바가지가 당도했고 시어머니는 그걸 신령한 물건인 양 선반 위에 고이 모셔놓았다. 또 손수 장에 나가 보얀 젖빛 사발도 한 쌍을 사다가 선반에 얹어두었다. 그건 해산 사발이라고 했다.

「해산바가지」라는 어머니의 단편소설에 나오는 구절이지만 할머니가 다섯 손주를 보시면서 실제로 산바라지를 하신 바가 지의 이야기다. 어머니는 할머니가 해주셨듯 실제로 그 바가지에 미역을 씻고 쌀을 씻어 나의 산구완을 해주셨다. 삼칠일 동안의 그 행복감을 무엇에 비길 수 있을까. 할머니에서 어머니 그리고 나로 이어져 같은 해산바가지로 산구완을 받는 대물림이었다.

아기와 나는 할머니가 쓰시던 건넌방에 누워 있었다. 몇 달 전 아기가 배 속에 있을 때 돌아가신 할머니 그리고 새로 낳은 아기가 마치 바통 터치를 한 것 같았다. 한 세대가 가고 새로운 세대가 왔다. 1980년이었다. 남편은 사무실에 출근하면 보문동 으로 전화를 했다. 아이가 젖을 잘 먹었는지 응가는 잘했는지 추운데 방에서 목욕을 잘 시켰는지 내가 미역국은 잘 먹었는지 안부전화를 했다. 어머니는 사위의 전화 소리에 "회사에서 뭐라고 안 그러겠니?" 하셨다. 요즘 젊은이들이라면 그 정도의 애정 표현은 아무것도 아니지만 그때만 해도 유난스러워 보였나보다.

그때 남동생이 고등학교 3학년이었다. 그애는 학교에서 돌아오면 먼저 건넌방에 들어와 첫조카를 보아주고 얼러주었다. 잠깐 들러 저녁을 먹고 다시 학교 도서실로 갔다.

동생의 그 아이 보기 시간이 얼마나 행복하고 소중한 순간이었는지 그때는 몰랐다. 또 여동생들은 모두 결혼 전이라 조카의 탄생을 신기해하고 첫정을 쏟아부어주었다. 막내 여동생은 조카의 기저귀 빨래도 마다않고 해주었다. 기저귀는 촌수를 가린다고 하지 않던가. 아직 종이기저귀가 보편화되지 않았을 때라 소창을 필로 끊어 기저귀로 쓰던 때였다. 기저귀를 여러 개 준비해놓는 것이 가장 큰 출산준비였고 빨랫줄에 기저귀 빨래가 휘날리면 저 집 아기를 낳았군 짐작하던 때였다. 나는 동생들이 내 아이의 기저귀를 갈아주고 빨아주던 걸 늘 감사하게 생각한다. 그래서인지 그 깊은 정이 여태까지 지속된다.

나는 아이에게 젖을 먹였다. 처음엔 가슴이 탱탱하게 불어 젖줄이 터져나오기가 힘들었지만 점차 아기는 힘있게 젖을 빨았다.

"양쪽 젖을 골고루 빨려야 된다. 나중에 짝짝이 젖이 되지 않으려면. 한번 빨릴 때 충분히 빨려야 한다. 찔끔찔끔 아무때나 젖을 빨리면 버릇이 나빠진단다. 그리고 누워서 젖을 빨리지 말고 앉아서 아기를 잘 안고 젖을 물려라. 젖을 먹고 나면 곧추 세워 안고 등을 쓸어주고 트림을 시켜주어야 한다. 젖을 먹일 때 아이와 눈을 맞추며 대화하듯 하여라. 아기 젖을 먹이려면 국을 충분히 먹고 우유도 많이 마셔라. 아이 젖을 먹여야 산모의 부기도 잘 빠진다. 그게 자연의 섭리다. 아이 젖은 6개월만 먹이고 떼어야 한다. 이유할 때는 절도 있게 해야 한다. 미적미적 찔끔찔끔 젖을 주면 버릇이 나빠지고 돌이 지날 때까지 젖을 물고 있으면 응석받이가 되기 쉽다."

어머니의 육아법은 나에게 고스란히 전수되었다. 어머니는 아기 젖을 먹여서 유방 모양이 나빠질까봐 젖을 먹이지 않는 여자들을 혐오했다. 여자 젖이 뭐하려고 있는 거냐?

그리고 다섯 아이를 젖 먹여 길렀지만 가슴이 늘어지지 않은 건 젖을 잘 먹였기 때문이라고 하셨다. 젖이 퉁퉁 불었다가 아기가 젖을 충분히 먹고 나면 젖이 말랑말랑해지고 아기는 쌔근쌔근 잠이 들고.

삼칠일을 지내고 다시 아파트로 돌아왔다. 돌아온 그날 외할머니를 초대하고 삼칠일 잔치를 했다. 외할머니는 우리 신혼집에 처음 오셨다. 지금 생각하면 어찌했을까 싶은데, 내가 음식을 준비했고 외할머니는 첫 외증손자에게 오래 살라고 흰 실타래를 목에 걸어주셨다. 그리고 모두 미역국과 잡채와 불고기를 해서 먹었던 것 같다.

이제 아이 기르는 모든 책임과 살림은 고스란히 내 몫이 되었다. 남편이 기저귀를 갈아준다거나 안아주기는 했어도 젖을 먹일수는 없어서 늘 안타까워했다. 그래서 내가 젖을 먹일 때는 자랑스러움 반 부러움 반으로 바라보았다.

아이가 젖을 충분히 만족스럽게 먹고 같이 잠이 들었을 때의 충족감은 특별했다. 그러나 아이가 잘 때 빨래도 해놓아야하고 음식도 준비해야 했으니 항상 잠이 부족했다. 그래도 젖을 먹여서인지 몸은 가뜬하게 회복되었다.

아이를 낳으면 저절로 모성이 생기는 걸까. 나도 엄마가 되기 전엔 모성이 저절로 생기는 줄 알았다. 본능적으로 우러나는 건줄 알았다.

그러나 모성은 저절로 생기는 게 아니었다. 불쑥 이 아이를 어떻게 키울 것인가 막막해질 때가 많았다. 매일 마음을 다져먹어야 했다. 내가 충분한 사랑을 받고 컸으므로 나도 아기를 사랑하며 키워야 한다며 마음을 다스려야 했다. 배 속에 있을때가 편하다는 말을 흔히 하는데 아이를 기르는 것은 육체와 정신의 심한 노동이었다.

연년생 동생은 암팡지게도 예뻤다.

둘째 아이를 낳은 날 큰아이의 얼굴 표정을 잊을 수 없다. 늘 혼자 사랑을 받다가 두번째로 밀린 것 같은 서운함이 세 살짜리 아이의 얼굴에 번졌다. 그러면서도 동생의 탄생을 기뻐해야 한다는 책임과 의무감으로 순간 아이의 얼굴은 복잡해졌다. 늘 착하고 순하고 아무거나 잘 먹던 아이는 기쁨이 사라진 듯 우울한 얼굴을 했다. 한번은 둘째 아이를 안고 누워 있는데 큰아이가 뒤에 와서 보채길래 좀 야단을 쳤던 것 같다. 큰애는 울면서 동생을 가리키며 말했다. "저애가 나오기 전엔 나는 착한 아이였어요. 엄마가 나를 야단치지 않았어요. 저애 때문에 난 나쁜 애가 돼요." 그애가 얼마나 용기를 내어 솔직하게 자신을 표현했는가를 나는 안다. 둘째 아이는 돌이 가까워질 때까지 내 품을 떠날 줄 몰랐다.

동생이 생기면서 그애는 이 세상이 제 마음대로 되는 게 아니라는 걸 배우는 것 같았다. 생각과 행동이 자신과 다른 사람이 있다는 것도 알고.

나도 마찬가지였다. 두 아이는 똑같이 내 배 속에서 나왔는데도 마치 딴 세상에서 온 듯 달랐다. 모든 면에서.

아이를 키우면서 내가 성장했다. 어머니로부터 아이 키우는 법을 고스란히 물려받았지만 내 나름대로 엄마로서의 꿈이 있었다. 무조건 아이를 사랑하자. 자주 애정을 표현하고 작은 것이라도 칭찬해주자. 아이에게 무한한 자유와 가능성을 열어주고 아이의 선택을 존중해주자. 이런 것들은 내가 아이를 갖기 전부터 꿈꾸었던 교육관이기도 했다.

아이가 내 배 속에서 나왔다고 해서 애정이 우러나는 게 아니라 기르면서 정이 생기고 사랑이 더해간다. 엄마 혼자만의 힘이 아니라 많은 사람들의 사랑이 모여 아이가 자란다. 마을이 함께 아이를 키운다는 말도 있지 않은가?

영화 '시'

아침에 가까운 절에 오를 때만 해도 평범한 날이었다. 벚꽃이 지면서 땅에 떨어지고 새잎이 돋아나고 목련이 지면서 뚝뚝 떨어지고 파밭에 파꽃이 연둣빛 왕관처럼 당당히 솟아 있는 일상의 아침이었다. 벚꽃의 희끄무리한 빛이 연둣빛 새잎과 혼합되어 파스텔 색조를 띤다. 또렷하지 않은 색감이지만 맑고 부드럽고 꿈속 같은 숲길을 걷는 것은 현실을 잊게 해준다. 숲길을 덮은 연보라색 제비꽃과 이름은 모질지만 피나물의 노란 꽃의 완성품을 보는 짧은 현실이 꿈같이 흘러간다. 다리 무릎이 약간 삐걱댈 때도 있지만 걸을수록 부드러워지며 힘이 솟는다.

아무 일도 일어날 것 같지 않은 평온함에 몸을 폭 적시고 싶다. 적당히 따뜻한 욕조에 몸을 담그고 있는 것 같은 편안함, 그

욕조에 연둣빛 풀향기가 나는 이파리가 떠 있는 것 같은 청량함이다. 그러나 따뜻한 욕조에 몸을 마냥 담그고 있을 수 없는 법. 순간의 평화로움이겠지.

그날 저녁 어머니와 영화 〈시〉 시사회에 가기로 했다. 메가박스 오후 여덟시. 아침의 햇빛도 잠시, 비가 뿌리기 시작한다. 이 불안한 4월은 끝나가면서도 마음을 놓게 만들지 않는다.

'詩'라는 제목의 영화. 어떻게 만들었을까. 詩라는 제목으로 어떻게 영화를 풀어나갈까. 詩라면 너무 포괄적이면서도 추상적인 단어가 아닌가? 한때는 청춘스타였지만 오래된 배우 윤정희는 어떤 연기를 할까? 다행히 그 영화에 관한 사전 지식은 그렇게 많지 않다.

〈초록물고기〉와 〈박하사탕〉과 〈밀양〉이라는 영화를 만들었던 소설가이자 영화감독 이창동은 이번에는 어떤 이슈를 들고 나왔을까?

어머니와 나는 오후에 같이 시간을 보낸다. 우편물을 정리하고 이번주의 남은 스케줄을 확인하고 슈퍼마켓의 재고품 조사 직원처럼 냉장고의 음식물을 점검하고 메일을 같이 확인하며 답장할 것을 준비한다.

가족끼리만 할 수 있는 말들이 오간다. "아유. 지겨워. 미쳐. 질려. 죄받는다. 짜증나." 그런 말들을 내뱉으니까 오히려 하는 일들이 그리 지겹지 않다. 간간이 착하게 부드러운 빛깔의 숲을 보며 감사한다.

조금 일찍 나와 삼성역 근처 만둣국집 앞에다 차를 세우고 만둣국을 느리게 먹는다. 다행히 만두피가 딱딱하지 않아 술술 넘어간다. 그리 특별한 맛은 아니지만 평범한 게 나쁘지는 않다.

지하 3층에 차를 세우고 메가박스로 올라간다. 바닥의 푸른 조명에 어지러워하시는 어머니의 팔을 잡고 계단을 내려간다. 시간이 조금 남아 커피빈에서 카푸치노 한 잔을 모녀가 나누어 마신다. 여든의 어머니와 젊지 않은 딸과의 영화 시사회 외출이다.

후배 문인들이 와서 어머니께 인사를 한다. 손주뻘 되는 문인들, 막내아들 나이보다 어린 시인도 문단에서는 이제 중견이다. 이창동 감독이 소설가여서인지 문인들이 많이 초대받았나보다.

영화관 입구에는 포토라인이 쳐져 있고 마침 백건우의 인터뷰가 진행중이다.

칸에서 윤정희씨가 상을 받을 거라 생각하세요?

받을 겁니다.

어머니는 혹시 카메라의 시선을 받을까봐 빠르게 들어가신다. 김혜수나 고현정이 왔다는데 노작가는 안중에도 없다. 어머니는 재미있다는 듯 구경하신다. 두 개의 관에서 시사회를 하게 되는데 우리가 받은 좌석에는 배우들은 없고 죄다 문인들이다.

앞에 앉은 문정희 시인이 "여기는 물이 안 좋다" 하고 어머니는 "좀 섞어놓지, 구경 좀 하게" 해서 모두들 웃는다.

그때까지만 해도 즐거운 시간이었다. 영화가 시작되기 전 배우들과 감독이 들어와 간단한 인사말을 한다. 김용택 시인이 잠시 출연한다고 배우와 같이 나와서 인사를 한다. 중풍을 맞은 듯 김희라가 절뚝이며 나온다. 무대가 아니라 화면 앞이라 어두워 얼굴이 자세히 보이지는 않는다.

영화가 시작된다. 길게 씌어진 글자 '시', 그 밑에 영어로 'Poetry'라고 번역이 된다. 나는 순간 Poem과 Poetry의 차이가 뭐지 하고 생각한다.

근접으로 찍은 강물이 흐르는 화면이 어쩐지 불온하다. 이창동 감독의 영화이니 편안함을 기대하지는 않았지만 흐르는 강물의 물살이 어쩐지 빠르고 어둡다. 그렇지. 평온한 강물이 흐를 수만은 없지. 머리를 풀어헤친 여자의 시신이 떠내려온다. 에구, 영화에서 낭만을 기대해서는 안 되지. 시에서 낭만만을 기대해서는 안 되는 것처럼.

윤정희가 미자라는 이름의 할머니로 등장한다. 곱게 차려입고 모자까지 썼지만 어쩐지 시골 양품점에서 산 것 같은 싸구려 옷이다. 그리고 곱게 웃지만 주름을 가리지 않는 얼굴에서 존경심이 우러난다. 그 얼굴만으로도 신산한 세월이 묻어나서 피

아니스트의 아내로 살아온 우아한 배우의 모습은 보이지 않는다. 낡은 서민아파트에 살며 반신불수 부자 노인의 몸을 씻겨주는 간병인 일에다가 여드름투성이 외손자의 밥을 차려주어야 한다. 게다가 알츠하이머병이 시작되어 진행되고 있는 여자는 시를 배우러 동네 문화센터에 간다. 그 진지한 표정이 놀라웁다. 그 여자는 왜 시를 배우고 싶을까? 아름다움에 대한 욕구일까? 현실의 팍팍함으로부터 잠시라도 맑은 숨을 쉬지 않으면 안 될 것 같아서일까? 여자는 조용히 현실을 살아가는 듯해 보인다. 잠간 나온다던 김용택 시인은 문화센터의 시를 가르치는 강사인데 주인공 버금가게 많은 장면이 나오고 영화배우 못지않게 연기를 잘한다.

나에게는 일주일에 한 번 시니어 아카데미에서 문학을 배우는 사람들의 얼굴이 떠오른다. 나에게 칭찬을 받으려고 써오는 수줍은 글들, 마침표도 찍히지 않은 문장들, 문학을 배우러 온 사람들의 진지한 표정이 교차된다.

영화는 시라는 풀기 어려운 방정식을 풀어나간다. 고통과 피와 땀과 한숨 그리고 굴욕감이 묻어나와야 풀어지는 방정식. 외면하고 싶은 수학문제, 구겨버리고 던져버리고 싶은 문제를 풀어나간다. 시란 무엇인가. 시는 언제 오는가. 미자의 노트 위에 후두둑 떨어지는 빗방울이 왜 핏방울 같은지. 그 맨드라미들은 왜 그렇게 핏빛인지?

문학에 대해 이렇게 처절하도록 진지할 수 있을까? 울고 싶어도 눈물이 안 나오는 먹먹함. 감미롭지 않은 눈물과 함께 가슴이 아프기 시작한다. 그러고 싶지 않은데……. 이 영화는 권하고 싶지 않다. 아프게 하고 싶지 않기 때문. 그러나 그걸 외면한다면 진정한 시가 아니라는 사실이 뼈저리다.

간단히 말할 수 있는 것은 아니지만 진보에서 도덕성으로 테마를 옮겨 한 편의 시를 영화로 만든 이창동 감독에게 경의를 표한다. 그리고 여배우에게 존경을 보낸다. 김승호의 아들 김희라에게 경의를 표한다.

영화는 시작과 같이 가파른 강물의 흐름으로 끝이 나고 어머니는 현기증이 느껴지는지 어렵게 자리에서 일어나신다. 어머니에게는 힘든 시간이었다. 괜히 보았어. 보지 말걸. 참 잘 만들었다. 이렇게 한 입으로 두 가지 말을 한다.

아마도 이 영화 시사회에 온 사람 중에서는 가장 고령일 것 같은 어머니와 함께 집으로 온다. 해 저문 산에는 희끗희끗 산벚꽃의 그림자가 어른거리지만 차가운 밤기운과 곤고함이 몸에 배인다.

앤에게

아침에 너의 메일을 받고 답장을 쓴다.

너의 새 이름이 어쩐지 너를 알기 전의 어린 시절로 데려가 주는 것 같구나. 아마 어릴 적에 어리광을 부려보지 못했던 너와 나는 공통점이 있었지. 동생들 앞에서 모범을 보여야 한다는 것. 공부나 생활에 있어서나. 그래야지 우리의 엄마들이 그 많은 아이들을 키우는 데 조금이라도 수월했겠지. 우리는 엄마의 바람처럼 모범을 보이며 빛나는 배지를 달고 앞으로 나아갔지. 그런데 요즘 오십이 훨씬 넘어 모범을 보이는 일도 지치고 힘들어져 어릴 적 부족했던 어리광을 부리고 싶어진단다. 코맹맹이 소리를 내면서 힘들다고 아프다고 하고 싶어진단다. 그걸 그렇다고 말할 수 있는 친구가 너였어.

그래서 너를 앤이라고 다시 불러본다.

대학 때 스승님께서 나에게 책을 보내오셨단다. 호원숙 女史라고 쓰셨더군. 제자가 늙어가니까 그 예우로 여사라는 호칭을 붙여주셨어. 나를 만날 때마다 남편의 안부를 물어주는 선생님의 화법이 참으로 사랑이라고 생각했어. 그 안부를 묻는 것이 나에 대한 총체적인 진단이었던 거지.

그분은 그런 식으로 문학에 접근하셨지. 한 작가를 연구하면 그 작가의 학교 때 생활기록부를 찾아다녔지. 그리고 가족의 역사를 유심히 관찰했지. 백 권이 넘는 문학연구서를 낸 분인데 이번에 낸 책이 『엉거주춤한 문학의 표정』이야. 엉거주춤이라니 학문적인 용어가 아니지. 그런데 그 엉거주춤이야말로 요즘 내가 사는 생활의 표정이었어. 그분은 그걸 읽어냈던 거야. 바로 나의 표정이기도 하고 시대의 표정이기도 하고 노교수의 표정이기도 한 그 엉거주춤.

나를 내세우기에는 기력이 부족하고 곁엣사람들의 요구를 순순히 다 들어주기에는 내 주장을 하고 싶은 욕심이 우러나고 그렇게 엉거주춤하다가 몸이 조금씩 사그라지는 것 같음을 느끼는 순간. 그래 조용히 지내자. 그저 따라가기만 하자. 주님이 시키는 대로. 그런데 주님은 원래 말이 없으시잖니? 나중에야 아주 시간이 흐른 후에야 그 목소리가 들리잖니.

그 책의 서문이란다.

한밤중 일어나 원고지를 대하고 있노라면 이런 소리가 서재 한 구석에서 들려오곤 했기 때문이오. "아가야 시방 너는 앉지도 서지도 못해 엉거주춤 서 있다. 그 엉거주춤을 글로 적어라. 왜 냐면 우리의 삶이랄까, 인생 그 자체가 서지도 앉지도 못하는 엉거주춤한 것이란다"라고. (중략) 여기 모인 글들은, 그러니까 시사성 앞에 오들오들 떨고 있는 전공의 표정이오. 혹은 그 정 반대이오. 전공과 시대성이 서로 눈 흘기고 있는 표정이라고나 할까.

이런 글도 있구나.

대체 인문학이란 무엇이뇨. 거짓 희망이란 무엇인가를 밝히는 학문이 아니겠는가. 살아 있는 시간을 가득 채워주는 것은 무 엇인가. 이를 쉼 없이 묻는 공부가 아니었겠는가. 민중을 사랑 할 수도 없고, 사랑하는 척하는 연기를 할 수도 없는 자리. 거 기 깃드는 정신의 이름이 인문학이 아니었던가. 어느 쪽에 편들 지 않으면서 쉼 없이 감행하는 자기 넘어서기, 거짓 희망에 눈 멀지 않기.

그런데 솔직히 어느 쪽에 붙어 편들고 싶어. 거짓 희망을 갖 는 편이 살기 편하겠지.

그렇다고 그 스승님과 자주 만나는 것도 아니야. 겨우 스승의 날 아침, 전화를 드렸단다.

나의 전화에 감사해하시며 이러시는 거 있지. "그렇지 않아도 내가 급하면 자네한테 전화하려고 했소. 내가 쓰러지면……" 휴대폰도 없는 분이 내 전화번호도 모르시는 분이 하시는 말씀이야. 그런데 그 말씀이 어떤 말보다 내 가슴을 따뜻하게 해주었단다.

그분이 나를 자식처럼 생각하신 걸까? 아니면 문학의 세계 속에 사시면서 엄마와 나와 우리 가족 속으로 들어가고 싶어하신 걸까. 아무래도 좋아. 이렇게 싱거운 전화를 했단다.

앤이라고 다시 불러본다. 너의 본래 이름은 아니지만 네가 불러주기를 바라는 이름이니까 좋아. 너의 편지를 다시 읽어본다.

사실 산다는 것이 하나 해결하면 또하나 오고 그런 거잖아. 그냥 오늘 하루 잘 살았으면 감사할 뿐이지.

좋은 친구 앤! 너의 눈빛에는 늘 선량함이 있었지. 그게 항상 신뢰감을 주었어.

오늘은 시니어들에게 문학을 가르치는 목요일이야. 내가 생각해도 문학을 멋지게 가르치는데 아무에게도 자랑할 사람이 없구나. 그런데 사실은 이 시간을 위해 내가 받는 압박이 대단하단다. 내가 편해도 되는데 괜한 스트레스를 받는다고 하는 것 (과연 나를 생각해주는 말일까?), 돈도 많이 못 받으면서 늙은이들에게 문학강좌를 하는 것은 내 능력이 너무 아깝다고(내 능력을 인정해주는 말일까?) 하는 말을 들으며 나는 또 엉거주춤해 했단다.

그런데 너에게 편지를 쓰며 용기를 얻는다. 그래, 아주 작은 능력이라도 있다면 그걸 다 나누어주리라고 말이다.

어떤 분은 내가 하는 문학수업이 아름답다고 하고 어떤 분은 나보고 나팔꽃 같다고 하더라. 나팔꽃 같다는 게 무슨 말일까? 그저 꽃 같다니까 예쁘다는 말이겠지. 수업이 아름답다는 말은 최고의 찬사인 것 같구나. 나는 그분들에게 마음속에 있는 숨은 보석을 꺼내라고 말하지. 엉거주춤하는 나의 표정이 떠오른다. 과연 내가 문학을 가르칠 수 있을까? 가까운 사람도 내가 진정으로 원하는 것을 모르더구나.

"쉼 없이 감행하는 자기 넘어서기." 나는 인문학자도 아니지만 인문학으로 살아왔다고 생각한단다. 그래서 스승의 이 말씀을 마음에 담기로 한다. 그래야 앞으로 나아갈 수 있을 것 같아. 그 말이 나에게 버겁더라도.

"살아 있는 시간을 가득 채워주는 것은 무엇인가. 이를 쉼 없이 묻는 공부가 아니었겠는가?"

그래, 결론도 없고 정답도 없어. 그냥 쉼 없이 물어가면서 살기로 한다. 어떤 정형 속에 나를 가두지 말고 자유롭게 두기로 한다. 질문을 많이 하는 아이처럼 살아야지 생각한다.

앤, 까만머리 앤. 나도 딱딱하고 원숙한 내 이름 대신 비아라고 할게. 부드럽기도 하고 아이스럽기도 하고 주님이 주신 세례명이니까 주님께 물어볼 때 잘 알아들으시겠지.

너에게 마구 불평을 하려고 했는데 이렇게 되어버렸네.

어느덧 그런 마음이 사라졌나봐.

기도 속에서 서로 만남을 믿으며. 비아.

어리굴젓 타령

"박경리 선생님이 굴 한 상자를 보내셨다는데 내가 없어서 동네 입구 마트에 맡겨놓았다더라. 너 좀 와주겠니?"

좀체로 먼저 전화를 하지 않는 어머니의 목소리에서는 내 눈치를 보는 걱정스러운 기색이 느껴진다.

나이가 들면 많이 먹지 못한다. 굴은 냉동할 수도 없고 싱싱할 때 먹어야 하는데 무슨 수로 어머니 혼자 다 드시겠나? 물론 어머니한테 내가 달려가리라는 걸 안다.

그런데 나도 이제 늙어서 금세 못 움직인다. 게다가 능란하지 못했던 살림솜씨가 그나마 어눌해짐을 느끼면서 자주 짜증까지 난다. 구시렁구시렁 집을 나가려면 여기저기 지저분한 데가 눈에 보이는데 눈을 딱 감고 나설 수밖에.

살림이 몇 년인데 왜 이렇게 제대로 못하는 거야. 내가 남이라면 막 야단을 치고 싶다. 그런데 어쩌랴 내가 나인 것을…….

운전은 자신 있지. 아니 운전에 자신 있다는 말을 해서는 안되지만 일단 운전대 앞에 앉으면 평화가 온다. 언니는 전생에 유목민으로 말을 타고 다녔을 거라는 동생의 말처럼 차에만 앉으면 아무리 속상하는 일이 있어도 마음이 편안해지거나 즐거워진다. 게다가 우아한 음악을 들으며 갈 수도 있으니……. 요즘은 백건우, 베토벤 소나타 전집……. 섬세하고도 기품 있는 열정에 구질구질한 살림은 잠시 잊어버린다.

아천동으로 달려 동네 입구 마트에 맡겨놓은 스티로폼 통에 담긴 굴 상자를 집에다 갖다놓는다. 셋으로 나누어 동생네 보낼 것과 김치냉장고에 넣을 것을 담아놓는다. 어머니는 내가 그걸 갖다가 어리굴젓을 담가주기를 은근히 원하시는 듯 내 눈치를 살핀다. 옛날 외할머니가 어리굴젓을 담가 설날이나 생신날 내놓으셨잖니? 하신다.

내 마음속으로는 엄마 나도 늙었거든요. 자신 없거든요. 힘들거든요. 맛없게 될까봐 걱정되거든요…… 기타 등등……. 누구 좀 시킬 사람 없나?

그러나 내가 착해서가 아니라 삼십 년 살림에 어리굴젓 하나 못한다고 하기가 자존심 상해서 그냥 들고 온다. 무엇보다 연로하신 박경리 선생님이 어머니를 위해 생굴을 보내주신 건 고마운 일이다. 어머니는 무도 챙겨주신다. 새우젓 넣고 간을 해라.

얼음에 채워져 있어 하루 정도는 괜찮다. 어제는 운동도 하고 돌아다니느라 오늘에야 굴을 소금물에 씻어 물기를 빼고 소금을 뿌려놓는다. 그리고 채칼로 무채를 만든다.

말처럼 간단하지 않다. 무엇보다 주변 정리가 되어 있지 않다. 무를 꺼내려 야채 칸을 여니 썩어가는 상추와 조금 남은 호박이 맛이 갔다. 그거 버리고 정리하는 데 한참, 고춧가루 꺼내려다 냉동실을 여니 무너질 듯 온갖 것들이 쏟아져내린다.

내가 남이라면 무슨 여자가 살림을 그렇게 하는 거니? 하고 만나주지도 않을 것 같다. 그러나 어쩌랴 내가 나인 것을……

또 한참을 냉동실 정리. 이 세상에서 냉동실이 없어져야 해……. 일 년이 넘은 음식물은 버리기로 한다. 음식한테는 미안하지만 내가 그 음식 다 먹었으면 비만으로 죽음에 이르를 수도 있으니까 하며 나를 용서하기로 한다.

고춧가루 꺼내다가 냉동실 정리로 거의 한나절 다 소비……. 토요일은 동네 시장이 서는 날이다. 짧게 자란 쪽파와 포항초 시금치를 사 온다. 쪽파를 다듬는다.

모처럼 아들이 점심 먹으러 들어온다. 만수산으로 어지럽히며 살림하는 엄마를 보더니 제가 라면을 끓여 같이 먹는다. 계란을 넣은 라면에 시금치나물과 김치 그리고 아침에 지은 잡곡밥이 맛있기도 하다. 아들에게 스트레스 해소용으로 한마디한다.

여자(엄마)가 살림해주는 게 얼마나 고마운 일인지. (자화자찬) 여자들이 왜 전문직을 갖겠니? 살림을 삼십 년 해도 전문적 인간이 안 되니까 나가서 일하는 게 훨씬 쉽단다. 그러니까 여자들이 기를 쓰고 직업을 갖는 게 이해가 가는 거지……

아들은 나도 그렇게 생각해요. 엄마 말이라면 모두 순종하는 척한다. 이 말에 있어서는 저도 100퍼센트 동감이라고 한다.

아들은 다시 나가고 드디어 어리굴젓을 무친다. 외할머니식 어리굴젓이다. 삭혀서 만든 어리굴젓이 아니라 무와 배를 채썰어 넣어 담근 서울식(개성식)이다. 새우젓 국물을 넣은……

두 통에 나누어 담는다. 내가 기특하다. 맛없으면 외할머니 책임지죠……. 책임질 어른은 이미 이 세상에 안 계시건만 내 곁에 존재하고 있는 것 같다. 내 타령을 다 들으면서 입맛을 다시며 간을 보시는 것 같다.

내 삶 속에 스며들어 있는 어머니의 어머니의 어머니……

위대한 침묵 속으로

인터넷 접속이 안 되기 시작한 지 이틀이 지났습니다. 아침에 일어나면 눈곱도 떼기 전에 노트북 앞에 앉아 어린아이 젖을 찾듯이 접속을 해야 하루를 시작했던 버릇이 꽤 오래되었다는 것을 깨달았습니다.

컴퓨터나 인터넷에 문제가 생겼을 때 해결해줄 아이가 곁에 없다는 것이지요. 결혼한 아이보다는 잦은 출장으로 집을 떠나 있는 아이가 늘 온갖 집안일의 해결사였는데……. 아이에게 전화를 했지만 아이가 금세 받지를 못하거나 받더라도 업무중이라 엄마의 요구를 금세 들어줄 수 없는 것이지요. 요즘 취직도 어려운데 직장에 나가 일하기에 바쁜 걸 고마워해야지 엄마의 놀잇감이 고장났다고 아이를 오라고 할 수도 없는 것. 주말이라

AS도 안 되고.

그렇게 멍청한 주말을 보냅니다. 과연 인터넷 접속이 안 된다고 해서 멍청하다고 하는 것이 맞는 표현인지, 그야말로 멍청한 표현인지 모르지만.

겨우 스팸메일이 줄줄이 뜨는 것이 대부분이지만 매일 메일을 체크합니다. 몇몇 사이트에 들어가 기웃거리고 소식을 체크합니다. 물론 긴요한 정보들이 많지요. 또 메일을 통해 많은 소통이 이루어지지요. 감사하는 마음을 전하기도 하고 특별한 위로를 받기도 하지요. 그런데 그게 없다고 해서 무슨 큰일이 나는 것은 아니지요. 신문도 있고, 책도 있고, 라디오와 텔레비전도 있어서 세상 소식을 받아들일 수도 있고. 책방에 나가면 필요한 책이나 정보를 얼마든지 볼 수 있지요.

나는 주말 동안 신경이 곤두서고 불안해지고 답답해지고 짜증이 나는 증상을 체험합니다. 혹시나 되나 싶어 켜보지만 무선인터넷 인증이 안 되었다며 접속이 되지 않습니다. 일종의 중독현상에다가 금단현상이라고나 할까.

얼마 전 친구 W가 전화를 했습니다. 씩씩한 목소리로,

"너 그 영화 봤니? 〈위대한 침묵〉."

"아직 못 보았어."

"그 영화 우리 친구 원숙이는 꼭 보아야 해. 그리고 글을 써

야 해."

"그렇게 좋아?"

그렇게 말해주는 친구. 나는 그 친구의 적극성이 참 고맙습니다.

아들의 결혼 준비에 집중해 있는 동안 영화관에 간 지도 오래되었고 영화 정보에 기웃거리지도 않았지요. 그런 영화에 관한 기사를 본 것 같기는 한데 꼭 보려고도 하지 않았지요. 요즘 1,000만이 보았다는 〈아바타〉도 아직 볼 생각이 없었는데.

나는 친구의 권유를 존중하는 의미에서 그 영화를 꼭 보러 가려고 합니다. 이럴 때는 혼자 보는 게 제일 속 편하고 좋은데. 그런데 남편이 혼자 영화를 보는 것을 싫어하는 눈치였습니다.

이 나이에 영화 한 편 보는 것 가지고 간섭받을 필요 있어? 하면서 마음대로 할 수도 있지만 나이가 들수록 같이 사는 사람이 싫어하는 것은 하지 말자는 주의입니다. 앞으로 같이 살아가야 할 날이 창창한데 가능한 한 비위를 맞추는 것은 상대방에 대한 예의라고나 할까요?

다행히 가까이 사는 친구에게 연락했더니 자기도 보고 싶었다며 약속을 합니다. 코엑스의 영화관, 저녁 시간에 약속을 했는데 꾸무럭대다 시간이 늦어집니다. 누가 보는 것도 아닌데 들고 나갈 핸드백을 이거 들었다 저거 들었다 하면서 시간이 흘러간 것이지요. 사소한 것에 신경을 쓰는 치졸한 마음을 스스로 책망합니다. 결국은 몇 년 전 피사에서 산 수제 손가방에 몇몇 소지품을 넣고 나가지요. 예쁘지만 너무 작아서 쓸모가 없는 핸드백을 저녁 외출에 들고 나가는 그 유치한 마음을 누가 알리요?

삼성역 지하는 퇴근시간에 몰려든 젊은이들로 헤쳐나가기가 힘들 정도로 붐빕니다. 이렇듯 활기가 차 있는 도시가 세상 어디에 또 있을까. 나는 그 긴 지하 쇼핑몰을 정글 통과하듯 걸어갑니다. 먼저 와서 기다리던 친구가 문자를 보내는군요.

"표가 매진되었어. 내가 환불창구에서 기다릴게."

매진? 어젯밤까지만 해도 예매한 사람이 한 명도 없었는데……. 나는 거의 뛰듯이 영화관으로 향합니다. 그동안에 친구는 벌써 누군가 취소한 표를 사서 들고 있군요.

"내가 너무 똑똑한 것 같아."

맞다 맞아. 친구를 한껏 칭찬해줍니다.

친구와 나는 맨 뒷자리에 앉습니다. 친구가 생수를 준비해와서 시원하게 목도 축이고. 엽엽한 친구.

영화가 시작되자 위대한 침묵 속으로 들어갑니다. 물론 말을 하지 않을 뿐 소리는 있습니다. 영화가 끝나갈 때는 말도 나옵니다. 완전한 침묵은 아닙니다. 그레고리안 성가도 있고 자막으로 나오는 성서구절도 있습니다. 눈발이 날리는 사각거리는 소리와 함께 수도원 속으로 들어가는 것 같습니다. 친구는 낮게 코를 골고 자기 시작합니다. 깨우려다 혹시 단잠을 깨우는 게 아닐까 싶어 그냥 둡니다. 나도 잠깐잠깐 눈이 감기고.

수도원 일기라고나 할까. 수도원의 사계가 느리게 느리게 이어집니다. 이 영화를 보러 온 사람들은 왜 보러 온 걸까? 이 지루한 계절의 소리를 들으려고. 휴대폰의 음악이 여기저기서 이어지고 가늘게 코를 고는 소리가 간간이 들립니다.

옆에 앉은 여자는 휴대폰으로 영화 장면을 찍는데 그 찰칵하는 기계음에 짜증이 솟습니다. 그래도 그만하라는 소리는 못하고 참지요. 시작도 끝도 없는 영화. 클라이맥스도 없는 영화. 그러나 영화가 중반이 넘어가자 나는 슬슬 이 영화가 어떻게 끝이 날 것인가 하다가 영화가 끝이 나는 게 두려워집니다. 마냥 이 지루함이 이어지기를 바라게 되는군요. 트라피스트 수도원에서 경험했던 침묵의 시간과 비슷한 체험입니다. 침묵이 끝날까봐 두려워지는 마음. 참으로 묘한 일이지요. 그 침묵에 중독된 것일까요. 그 속도와 수도승 같은 수사들의 중세기적인 삶에 젖어드는군요. 시간을 알 수 없고 속도가 없는 삶이 존재한다는 사실. 하느님의 목소리를 들으려는 순수한 귀를 보여주는 그 장면들. 빛이 스며들어 투명한 귓불들. 그 솜털들의 미묘한 움직임까지.

그 영화의 주인공은 빛입니다. 스며드는 빛, 소리 없는 빛, 움직이는 공기의 움직임, 바람의 움직임 그것이 주인공이지요.

그 수도자의 삶은 누구의 강요에 의한 것이 아니라 자신이 자유의지에 의해 선택한 삶이라는 것. 그런 면에서는 결혼을 해서 아이를 낳고 사는 삶처럼 자유로이 선택한 삶이라는 것은 다르지 않습니다. 저는 그 영화를 보면서 인간은 아름답다고 생각합니다. 인간의 눈빛 얼굴 노동 몸짓 걸음걸이 모두 아름답다고 생각합니다.

졸면서도 영화를 간간이 보았다는 친구는 "이 영화를 보고 모두들 감동해야 된다는 강박감이 있는 것 아니니?" 나에게 묻습니다. 나도 잘 모르겠습니다. 다만 이런 세계에 대한 갈증이 있다는 건 사실인 것 같습니다. 단순하고 조용하고 원초적인 세계에 대한 갈증 자체가 이 세상을 정화시키는 기능이 아닐까 생각해봅니다.

재미가 있지 않더라도 스토리가 있지 않더라도 정지된 화면과 같은 세계가 이 세상의 속도를 제대로 돌아가게 하는 제어장치가 아닐까 하는 생각…….

주말이 끝나고 월요일이 되었습니다. 통신회사에 AS 신청을 하니 오전 열시에 온다고 하는군요. 통신회사 젊은 직원 두 명이 와서 손을 보아줍니다. 잘못된 선을 연결해주고 기계를 갈아줍니다. 한 명은 다른 한 명에게 하나하나 설명을 해주며 가르칩니다. 가르치는 사람이나 배우는 사람이나 그 언어가 참 부드럽습니다. 그래, 우리나라는 참 좋은 나라야.

쉽게 인터넷이 개통되고 나의 일상은 지속됩니다.

여름의 조각들

1

얼마 전 〈여름의 조각들〉이란 프랑스 영화가 있었지요. 그 제목을 따봅니다. 영화와는 관계없지만.

참 좋은 영화였지요. 프랑스스러운 불란서다운 영화. 갑자기 죽은 어머니의 유산을 어떻게 해야 하는가? 주로 미술품과 명품 가구를 많이 소장하고 있었던 어머니……. 그 예술품을 모으고 즐기고 추억을 더듬고 사는 것이 낙이었던 어머니……. 그러나 그걸 안고 죽을 수는 없다는 건 누구나 아는 일. 남은 자식들은 어머니의 취향을 존중하지만 그만큼 소중하지는 못하고 그걸 다 떠맡기엔 부담스럽습니다. 필요한 것은 돈이기도 하고요.

마치 예술교육영화 같았지요. 어떤 것은 간직하고 어떤 것은 버리고 어떤 것은 공공박물관에 기증하여 많은 사람들이 향유하게 하고……

고상하게 영화 이야기를 하려는 것은 아니었구요. 나는 아무런 값나가는 물건을 가지고 있지는 않지만 가족의 역사가 깃든 물건들은 버리기가 어렵지요. 각각 가족은 하나의 박물관을 가지고 있지요. 서랍 하나라도 앨범 하나라도 가족의 역사물을 간직하고 지내지요.

이번 여름 나에게 집을 정리하는 기회가 왔습니다. 말하자면 집수리를 하게 되었는데 돈 들여서 하는 인테리어가 아니라 졸졸졸 나오는 노후한 수도 파이프를 교체하고 벌레가 나오는 곳을 퇴치하는 그런 수준이었지요.

그러다보니 도배 장판도 하게 되고 페인트 칠도 하고 목욕탕을 새로 만들고 삼십 년 넘게 살아온 살림을 다 뒤집어엎다보니 엄청나게 많은 것을 버리게 되었습니다.

버릴 물건들을 끼고 살아온 세월이 한심하여 한숨을 쉬면서도 나에게 다가온 이 '정리'의 시간을 감사하게 생각하게 되었습니다. 이쯤 돼서 중간 정리를 하고 나머지 생을 살아가는 것도 좋은 일이었지요. 나는 왜 이렇게 지저분하고 꾸겨놓듯이 살았던가 스스로 욕을 하면서 가슴을 치면서 정리를 하는 데 시간 가는 줄 모르고 집중을 하게 되었지요.

빽빽이 채워진 옷장의 옷을 반 이상 버리면서 쾌감을 느끼게 되었지요. 물론 그 버리는 과정에서 갈등이 없었던 것은 아니지요. 남편과의 의견 차이로 여러 번 티격태격 짜증과 인내의 연속이었는데 다행히 남편도 버리는 재미에 동참하여 나중에는 솔선수범하기에 이르렀지요. 옷 하나하나 추억이 있는 것은 사실이나 버릴 것은 버리자. 신혼여행 때 입은 옷만 빼고 버리자. 누군가가 요긴하게 입어준다면 고맙고.

대나무 조각으로 이어 만든 대돗자리도 버립니다. 언젠가는 그게 없으면 안 될 것처럼 유행하던 때가 있었고 두 개나 샀었는데 미쳤지 미쳤어. 무겁고 부피가 커서 버리는 데도 돈이 꽤 듭니다.

버리면 버릴수록 부자가 되어가는 느낌. 헐렁하게 옷이 걸린 옷장, 비어 있는 서랍, 빈 공간들이 사랑스러워 나는 미소짓고 있습니다.

값나가는 물건은 하나도 없구나. 보석도 미술품도 금붙이도 없어서 가뜬하구나. 다만 결혼할 때 초정 김상옥 선생님이 써주신 글씨 하나, 막냇동생이 미대 다니면서 만들어준 도자기 소품 몇 개 그리고 엄마가 여행지에서 사다준 낙타 인형, 종, 기념품들……

그리고 창고 속에 먼지를 뒤집어쓰고 있었던 엄마의 재봉틀, 일제 자노메(蛇の目) 재봉틀을 꺼내어 먼지를 닦아 잘 모셔놓은

것도 좋은 일이었지요. 뱀의 눈을 한 선명한 상표의 디자인이 아직도 새것처럼 빛납니다.

여름이면 재봉틀을 꺼내 옷을 만들었던 엄마. 동대문시장에서 끊어온 포플린 천으로 딸들의 원피스를 수없이 만드셨지. 이번 여름에도 단편소설을 하나 써서 넘기셨다니 나는 그 에너지를 따라갈 길이 없지요.

이 한량 같은 딸은 바다가 보이는 오래된 집을 정리하면서 잠깐씩 추억에 잠길 뿐……. 이 헐렁함이 이렇게 좋을 수가 있을까.

그런데 한 가지 해결되지 않은 문제가 있었지요.

2

커피를 먹은 사향고양이의 배설물로 만든 루왁이라는 커피가 있지요. 이 커피가 아주 비싸다고 하지요. 호사가들이라면 다 아는 이야기라는데 나도 어떤 분 댁에 초대받아서 처음으로 그 커피를 맛보았습니다. 아주 정제되고 집중된 맛이었는데 어릴 때부터 아버지가 끓이던 MJB의 향이 퍼질 때부터 커피를 즐긴 역사가 오래된 데 비해서 그저 주는 대로 먹는 몰취향이라서 가르쳐주지 않으면 모르지요.

그런데 지금 하려는 이야기는 커피 이야기가 아니라 벌레 이야기입니다. 부끄러운 벌레 이야기입니다. 우리집에 벌레가 생기기 시작한 건 두서너 달 전인데 이 작은 벌레가 어디서 생겼는지 없어지질 않는 거예요. 바퀴벌레 약도 뿌려보았지만 소용이 없었고. 기어다니다가 가끔은 날아다니기도 하는데 집 전체에 야금야금 나타났지요.

이번 집수리가 끝나면 다 없어질 줄 알았는데. 도배가 다 끝나가고 정리가 돼가는데도 간간이 나오는데 영 찜찜했지요. 가스레인지 후드도 분리해서 청소했고 방충망도 다 교체했는데도 벌레가 나옵니다.

이(lice)만큼 작은 벌레가 나를 괴롭히면서 벌레가 나올 때마다 삶이 후회가 됩니다. 지긋지긋한 생활, 지지고 볶고 벌레가 나오는 생활, 기본이 안 되어 있는 생활. 이렇게까지 자신을 비하시키게 되었지요. 살림이나 잘하지 겉멋은 들어서리 하면서 자신을 책망하기에 이릅니다.

그러나 정말 다행스럽게도 벌레의 진원지를 발견하게 되었습니다. 누구의 탓도 아닌 나의 잘못이었으니. 나도 잘 이해할 수 없지만.

가스레인지 후드 위에 환풍기가 지나가는 통이 있고 공간이 있는데 그곳이 벌레의 산실이었음을 발견한 것은 작은아이가 내려와 청소를 도와주고 있을 때였습니다.

엄마 이게 뭐야? 그애는 진공청소기를 집어넣어 빨아들이기 시작합니다.

"이거 커피 아냐? 엄마는 커피를 왜 여기다 두었어요? 못 살아 못 살아."

에구, 나도 모르겠다. 원두커피 같은 것을 봉지에 넣어 후드 위에 올려놓은 건 분명 나인데 아무데나 쑤셔박쳐 넣어놓는 성미를 스스로 탓할 수밖에.

커피 먹은 벌레네. 히히.

그곳은 벌레의 온상이었으니 오죽 잘 번식을 했을까…….

웃음이 나와? 당신은?

남편은 히히 웃는 나를 보고 참으로 기가 막힌 모양입니다. 그러나 나는 기뻤지요. 그 속을 싹싹 치우면서 희열을 느끼고 개운해지면서 그동안 벌레가 나올 때마다 올라왔던 짜증이 한방에 날아가는 기분이었어요.

그리고 갑자기 고양이 똥을 최고의 커피라고 비싸게 사 먹는 호사가들이 떠오른 것이었지요. 아무튼 관계는 없지만…….

벌레는 그 벌레 먹은 커피를 다 치우고 나서 얼마 후 근절되었습니다.

참으로 멋진 여름이었지요.

3

아주 드물지만 이런 날이 있습니다. 남편도 아이들도 어머니도 동생도 친구도 아무도 곁에 없는 날이 있습니다. 조금 허전하지만 그래도 그 시간이 소중하여 어떻게든 잘 보내려는 마음이 있습니다. 마음속으로 간절히 원하던 시간이기도 하니까요. 가까운 가족이 내 몸과 마음을 힘들게 하거나 버거울 때 꿈꾸던 시간이기도 하니까요.

그러나 막상 그 시간이 오면 그 간절한 바람만큼 잘 지내는 건 아닙니다. 정말 몸이 곤고할 때는 그 시간에 마구마구 잠을 자버리기도 하지만.

혼자 성당에 가서 주일 미사를 봅니다. 본당 신부 수녀님 모든 신자 칠백 명이 여름 캠프를 갔으니 성당이 허룩할 텐데 그렇지 않습니다. 새로운 얼굴들이 성당을 채우고 또다른 기운이 느껴집니다. 분명 열심인 신자들은 다 빠졌을 텐데도. 본당 신부님 대신으로 한국말을 아주 잘하지만 된소리에는 아직도 서툰 이태리 신부님이 미사를 집전하는데 그 자그마한 체구와 다정한 한국말이 가까운 이웃 아저씨 같은 친근감이 있습니다. 강론도 좋습니다. 마치 우리나라 농촌과 별다르지 않은 이태리 농촌 이야기를 예로 듭니다. 6월 7월에는 밀을 거두는 철이 되면 모두들 농사일을 하다가 나무 밑에서 같이 모여 식사를 하게 되는데 지나가는 사람을 보면 꼭 불러서 같이 먹자고 한다는 거예요. 이태리 고향의 풍경을 떠올리면서 지금의 우리 한국사회는 너무 빠르고 너무 개인적이라는 것을 부드럽게 이야기합니다. 내용도 그렇지만 된소리와 거센소리 발음이 잘 안 되기 때문에 자연히 말이 부드럽습니다.

우리는 너무 거칠어져 있어서 그 자연스러운 유연성이 그리워지는 게 아닌가 생각합니다. 쉬어가라고 합니다. 休라는 한자처럼 나무 밑에서 휴휴 쉬라고 합니다.

그 신부님의 말씀대로 집에 와서 멍청히 쉽니다. 나무 밑은 아니지만. 혼자니까 점심도 먹지 않고 소파에서 졸다가 벌떡 일어나 보고 싶은 영화를 보기로 합니다. 대녀를 불러서 같이 보자고 할까 아니면 일요일에 자유로운 친구를 떠올리다가 그냥 혼자 가기로 합니다. 보려고 염두에 두었던 영화가 생각났으니까요. 아트선재센터 영화관에서 하루에 한 번 하는 일본영화 〈걸어도 걸어도〉를 보려고 지하철을 탑니다. 한참 갈 테니까 잡지를 한 권 들고. 집에서는 눈에 들어오지 않던 책이 시원한 지하철 의자에 앉으니 쏙쏙 들어오는군요.

모두들 휴가를 떠났는지 일요일의 지하철은 헐렁합니다.

김화영 선생님이 번역 연재하는 『잃어버린 시간을 찾아서』

를 보지요. 또 감탄을 합니다. 정성 들여 번역하여 매달 연재를 하는 것도 좋지만 프루스트의 표현에 놀랍니다. 종탑에 관한 긴 묘사와 저녁 식탁의 후식으로 나온 초콜릿 크림 이야기는 감탄을 하게 만듭니다. 한 번도 끝까지 읽어내지 못한 소설을 이렇게 매달 번역 연재를 해서 조각조각 볼 수 있으니 그것도 좋습니다.

영화관에 조금 늦게 도착하여 시작한 지 십 분이 지났다고 안 된다는 걸 사정을 해서 들어갑니다. 앞부분은 나중에 다운받아서 보지 뭐.

십여 년 전 바다에서 죽은 아들의 기일에 오는 가족들을 위해 음식을 준비하는 어머니, 은퇴한 시골 의사인 아버지, 애 딸린 여자와 결혼한 그림 복원사 둘째 아들, 자동차 세일즈맨 사위와 함께 온 딸네 식구 등 가족의 이야기가 좁은 다다미방과 좁은 복도와 계단 그리고 좁은 화장실 협소한 부엌을 배경으로 펼쳐집니다. 마치 이 작은 집이 영화의 주인공 같습니다.

죽은 큰아들은 죽었기 때문에 무한한 가능성을 가졌을 것이라고 생각하여 미화시키니까 살아남은 가족은 좀 시시하게 보입니다. 의사인 아버지의 눈에는. 죽은 아들이 살려낸 친구는 제삿날마다 이 집을 찾아옵니다. 어색한 순간이 오지요. 그러나 어려워하는 고통의 순간이 필요하다고 생각하는 어머니의 표정은 결연하여 가엾기도 합니다.

이 영화의 주인공은 어머니 같기도 하고 아들 같기도 하고 며느리 같기도 하고 며느리가 데리고 들어온 피가 섞이지 않은 아이 같기도 하고. 그 작은 공간에서 일어나는 가족사의 정서가 우리와 크게 다르지 않습니다.

어머니의 흥얼거림. "아루이테모 아루이테모 작은 배처럼 나는 흔들려."

반듯하게 살아온 사람에게도 작은 배처럼 흔들리는 순간이 있지요. 그 순간의 떨림을 요란하지 않게 그려낸 영화에 매료됩니다. 몇 군데 장면에서 눈물이 어리더군요.

비석에 물을 뿌리는 장면과 집 안에 들어온 나비를 아들이라고 생각하며 이름을 부르는 장면을 보며 슬픔과 고통이 없이 삶이 지속될 수 있을까, 상처와 아픔도 삶을 이어가는 힘이다, 이런 생각을 해봅니다.

그 영화를 혼자 보고 나와 삼청동 북촌길을 산책합니다. 예쁜 가게들과 여러 나라 풍의 음식을 파는 가게들의 즐비함이 국적을 모르겠지만 가끔 한옥의 추녀가 보여서 그나마 우리나라구나 생각하게 되는군요. 모자가게에 들어가보니 가게는 예쁜데 너무 비싸군요. 혼자라 그런지 음식도 당기지 않습니다. 배는 고픈데도 집에 가서 단호박이나 쪄서 먹어야겠구나. 여행지에서 찾은 골목 같은 곳에서 돈을 쓰고 싶지가 않군요. 옛날 같으면 내 것이 아니더라도 친구나 동생이 생각나 액세서리 하나라도 사기도 했겠지만……

점점 메말라가는 마음에다가 모두 쓰레기가 될 거라는 마음이 앞서니 저런 물건을 사던 마음이 그리울 수밖에요. 그러나 그 헛헛한 마음이 가벼워서 좋습니다. 어느 화랑에 들어가 본 전시도 감동을 받지 못합니다. 아름다워 보이지 않는데 새로운 시도와 개념이라는 이유로 강요하듯이 해놓은 작품들……

그 골목은 모두 개성에 차 있지만 인상이 뚜렷이 남지는 않는군요. 어쩐지 뷔페 음식 같은 느낌……

나는 다시 시원한 지하철을 타고 혼자 집으로 옵니다. 여름의 조각들이 저물어갑니다.

4

어느 틈에 스며드는 선들바람이 여름도 이제 힘이 빠졌다는 걸 알려줍니다. 아침나절 느리게 산으로 걸어갑니다. 정리가 안 되는 생각을 풀어보는 데는 걷는 게 제일 좋은 방법이지요. 사진기를 들고 다니지만 이제 장난감도 시들해질 때가 되었나? 그냥 지나칩니다.

보이차 냄새가 납니다. 이파리가 말라 시들거나 열에 찌는 냄새. 8월도 이제 저물어갑니다. 옥잠화가 나무 그늘 밑에 피어 있고 맥문동의 보라색은 그늘일수록 빛깔이 선명합니다.

옥잠화의 져가는 모습은 거무튀튀해서 좀 미안하지만 봉오리는 비녀 모양으로 귀태가 흐르고, 많이 모여 핀 곳에서는 과자 같기도 한 달콤한 향기가 코를 간지럽힙니다.

종일토록 집에서 맡은 일을 하다가 친구가 커트를 잘한다고 소개해준 미용실에 예약을 합니다. 뭔가 머리 모양이라도 개성 있게 해보고 싶은 마음이 생겨서입니다. 그런데 손님이 많아 예약한 시간에 가서도 기다리고, 겨우 내 차례가 되어 원장이 나를 부릅니다.

난데없이 여자는 내 머리를 훌훌 넘기더니 '연필 냄새가 나요' 하며 자기가 좋아하는 냄새라네요. 난 또 살다 살다 연필 냄새 난다는 말은 처음 들어보았네……. 내 책상 위에 항상 연필이 있기는 하지만 늘 쓰는 것도 아닌데 무슨 연필 냄새? 여자는 나에게 공부 잘하는 사람 냄새가 난다나? 참으로 도사네요. 손님 끄는 기술인가? 종일토록 책과 씨름하다가 저녁 무렵 나갔는데……. 무슨 공부할 일이 있어서는 아니지만 뭐 할 일이 있어서니까 그게 그거지요.

여자는 나에게 자꾸 말을 시킵니다. 자기는 중학교밖에 안나왔고 공부 잘하는 아이가 부러웠다고……. 나는 개성 있게 잘라주세요 하려다가 그냥 보통으로 잘라주세요 하며 꼬리를 내립니다. 결혼식 하객으로 가서 너무 튀면 좀 그렇잖아요…….

이 나이에 개성은 무슨 개성 그냥 단정하면 됐지. 혼자서 속으로 중얼거립니다. 여자는 나에게 자기는 글을 쓰는 사람이고 시도 쓰고 수필도 쓴다며 잠깐 머리 말리는 동안에 제 글을 보여줍니다. 싸게 해줄 것도 아니면서 손님한테 일 시키네…… 속으로 계산을 하는 내가 우습지만 글을 보아줍니다. 그러면서 선생 냄새를 피우며 책은 많이 읽느냐고 하니까 책은 잘 안 읽는다고 합니다. 그러면서 나에게 책을 추천해달라고 하네요. 나는 신경숙의 『외딴 방』을 읽어보라고 권합니다. 요즘 나온 『엄마를 부탁해』보다 더 좋다면서…….

머리 자르면서도 별일 다 하네…….
오지랖 넓게도.
다 마음이 허해서 그래. 여름이 가니까. 곧 가을이 올 테니까.

오늘이 칠석날이라네요. 절에서는 치성 드리는 불공 소리가 납니다. 저녁에는 찔끔찔끔 비가 오네요. 칠석날이면 할머니는 호박을 채썰어 밀전병을 부치셨지요. 부침개를 차곡차곡 쌓아놓고 막걸리와 함께 고사를 지내고 나서 동네에 나누어주었지요. 밀가루만 가지고 할머니는 기가 막힌 부침개를 부치셨는데…… 그때 할머니는 무엇을 비셨을까? 아직도 내가 할머니 치성의 힘으로 살아가고 있는 건 아닐까 하는 생각이 문득 듭니다.

나는 절 앞 약수터에서 물 한 모금 떠먹고 두 손을 합장합니다. 붉은 잎맥을 한 닭벼슬같이 생긴 맨드라미, 붉은 백일홍, 후박나무 그늘, 벌개미취, 달개비꽃……. 여름이 가는 날의 한 조각들입니다.

그리운 저고리

염천이었다.

애 저것 좀 봐주고 나가렴.

앞마당으로 내려서려는데 상사화가 올라와 흐드러져 있다. 유난히 무덥거나 불시에 장대비가 퍼부어대거나 하는 날들이었는데 어느 틈에 꽃대가 올라와 연분홍 꽃을 피웠다. 한여름으로는 안 어울리는 빛깔이다. 화려하면서도 어딘지 청승맞은 분홍색. 키 큰 백일홍과 봉숭아 사이로 올라왔지만 단연 돋보이고 부드러운 향기가 스치듯 느껴진다.

엄마는 허둥지둥 나가는 나를 잠시 불러 세워 꽃을 보게 한다. 먼저 이야기하지 않으면 굳이 어디 가느냐고 캐묻지 않는 게 모녀의 습관이다.

올여름엔 소색인조견 블라우스 차림이다. 헐렁한 검은 면바지. 다른 옷으로 바꾸어 입으려다가도 시원하고 몸에 달라붙지 않는 인조견의 감촉 때문에 자꾸만 입게 된다. 박물관에서의 호출이다. 사이트 게시판을 통해 사진 촬영 건으로 모여달라는 게시물이 올라왔을 뿐 전화로는 연락하지 않는다. 그것도 예의라면 예의. 복중 휴가철에 돈을 주는 것도 아니면서 사람을 불러내는 것이니 자발성에 의존할 수밖에.

나는 차의 시동을 걸고 오전부터 벌써 뜨거워진 차 안에 에어컨 바람을 넣는다. 덜 마른 머리를 말리는 데는 자동차 에어컨만한 게 없다. 나쁜 버릇인 줄 알면서 머리가 마르기 전에 밖으로 나오게 된다. 드라이어로 머리를 말리는 시간과 정성이 항상 부족하다. 시간이 부족해서가 아니라 머리카락까지 신경이 써지지 않는 것이 문제다. 돈 생기는 일도 아니면서……. 스스로에게 쯧쯧거리지만 무엇이든 대단한 일은 아니라고 생각한다.

모두들 휴가를 떠난 듯이 서울 거리는 허룩하다. 강변북로에서 영동대교로 빠진다. 영동대로의 언덕길을 시원스레 지나 개포동에 있는 박물관까지 가는 데 그리 오래 걸리지 않는다.

박물관 전시실은 벌써 촬영 준비의 판을 벌이고 있다. 새로 온 사진작가는 아예 큰 책상 위로 올라가고 하얀 판때기를 깐 바닥에 저고리를 놓고 위에서 아래로 보고 찍고 있다. 사진작가로는 무척 까다로운 심선생 스튜디오에서 아끼는 제자라고 추천해주었으니 믿어보아야지. 심선생한테 줄 돈의 반도 안 되는 수고비로 약속을 해놓았다. 삼십대 초반이나 될까 꼬랑머리를 한 거 말고는 별 특징이 없다. 반듯하게 머리를 넘겨 묶은 것이 단정하기까지 하다. 나는 순간 남자가 거울을 보며 고무줄로 머리를 묶고 있는 모습을 상상하며 혼자 웃음을 짓는다. 옷차림이 튀지도 않고 태도는 조용하다. 하기야 사진하는 사람들의 일반적인 특징은 말수가 적다는 것. 600점에 가까운 19세기 말부터 1970년까지의 저고리는 이 박물관의 가장 수효가 많은 유물이었고 자료정리 명목으로 따낸 기금으로 연말 안에 해내야 된다는 것. 그러려면 이 염천에 촬영을 하지 않으면 전시와 도록 발간 날짜를 맞출 수 없으니 위원들을 소집할 수밖에. 어차피 자발적인 일이니 한 사람 없다고 해서 큰일날 일은 물론 아니다.

2층에 있는 수장고에서 한 상자씩 꺼내 전시실로 내려왔다. 저고리도 스무 점 이상 쌓이니 들 수가 없을 정도로 무거워진다. 며칠씩 실측작업을 한 것은 다 박선생의 몫이었다. 품 길이 화장 수구 진동 깃과 동정의 너비 고름의 길이와 너비를 실측하는 것에 여러 달 전부터 거의 매일 매달렸었다. 수장고 안은 항온 항습기가 가동되어 늘 서늘하고 건조하다. 그래도 어딘가에서 멀리로부터 온 냄새가 있다. 먼 시간과 오래된 물건의 내력이 내뿜는 냄새가 은은하게 풍긴다. 어디선가 맡은 듯한 냄새. 그러나 알 수

『나목』으로 데뷔하시고 난 뒤
사진이 필요할까봐 내가 보문동 집에서 일부러 찍어드린 독사진이다.
치마는 부드러운 하늘색의 테트론 천이고
저고리는 아세테이트로 지어진 것인데, 그 당시 유행하던 옷감이다.
옷고름이 없는 저고리라 자수정 브로치를 달았다.
열화당 책박물관 〈기억의 공간〉에 있는 사진과 같은 시기에 찍은 사진이다.

없다. 그 옷들의 주인들은 다 어디 있을까? 구한말에 세도를 부렸던 가문의 후예들이 내놓은 옷 중엔 한 번도 입지 않았던 진솔옷도 많다. 박물관 전시가 끝날 때마다 그 신뢰감으로 아끼던 유물들을 기증해온 것이 모인 것이다. 친일파나 나라를 팔아먹었다고 비난받는 사람들의 장롱에서 나온 것들도 많다. 비취와 옥과 호박이 한 바가지씩 나왔다는 그 부귀영화는 어디로 갔을까. 불과 백 년도 안 된 일이다. 가난한 사람들은 옷을 제대로 남길 수 없다. 해어질 때까지 입고 소진해버렸으니. 콩밭을 매던 여자의 땀에 젖은 베적삼이 고스란히 남아 있을 리 없다.

이제 박물관 유물의 주인은 침방에서 조용히 옷을 지으며 자신의 솜씨와 예술성을 풀어내었던 여인들이다. 그 옷을 입고 뽐내고 권위를 부렸던 사람이 아니라 마름질을 하고 솜을 두고 한 땀 한 땀 바느질을 했던 침방의 여자들의 작품이다. 수장고 안에 들어오면 옷을 짓던 여자들의 한숨과 속삭임이 들리는 듯하다.

저고리 하나를 올릴 때마다 작은 탄성이 터진다. 저고리 속에 넣은 중성지를 꺼내고 깨끗한 거즈로 때와 먼지를 닦아내고 다림질을 하여 고름을 매어 사진을 찍도록 가져가는 작업이 조심스럽게 이루어진다.

솜을 둔 저고리인데도 지은 솜씨가 뛰어나 맵시가 있고 포근하다. 분홍빛이 살아 있다. 수 자와 표주박 문양은 의미를 담고 있어 숙연하다. 어쩜 이렇게 얌전하게 솜을 두었을까. 누군가의 감탄이 흘러나온다. 소나무 사이로 미끈하게 달려가는 사슴 무늬는 자유스러운 기백을 보여준다.

1910년대의 갓저고리는 박쥐 무늬와 구름 무늬가 그려졌다. 얼마나 따뜻하고 대단해 보였을까. 요즘 흔한 밍크코트와는 비교도 안 될 권위가 느껴진다.

은조사 적삼에서 가늘게 떨리는 관능이 느껴진다. 적삼은 젖가슴이 가장 가깝게 느껴지는 저고리이다. 나는 가슴이 뻐근해지며 자신도 모르게 탄식이 흘러나온다.

소색의 저고리들이 끝도 없이 나온다. 비슷비슷해 보이지만 소재도 다르고 모양도 문양도 같은 것이 없다. 공장에서 대량생산한 것이 아니기에.

이건 궁바느질이에요. 전문가의 눈으로만 알 수 있는 고수의 손바느질 저고리는 그 품격이 다르다.

사진 기사는 테이블 위에 올라가 밑에서 한 점씩 올라오는 저고리를 찍는다. 번호를 붙이고 고름을 매고 뜨지 않도록 살짝 핀을 꽂고 하는 작업이 말없이 이루어진다.

나는 사진 기사와는 별도로 사진을 찍어놓는다. 문양과 저고리의 맵시를 부위별로 따로 카메라에 담는다. 보도자료를 만들려면 자신이 만든 자료가 필요하기 때문. 오전 시간이 훌쩍 지나지만 서른 점도 찍지 못했다.

마침 임선생이 뛰어들어온다. 비를 흠뻑 맞고 보따리를 들고 들어오기 전까지는 밖에 비가 오는 줄 몰랐는데…….

점심을 싸들고 온다. 스스로 마당발이라고 하는, 기획을 맡은 선배이다. 그가 들어오기 전까지 아무도 먹을 생각을 하지 않고 있었다. 전시실에서 음식을 먹는 것은 금지사항이다. 전시실 밖 통로에 간이 식탁을 차리고 서서 늦은 점심을 먹는다. 임선생의 음식 준비는 엽엽해서 늘 감탄을 하곤 한다. 남지도 모자라지도 않게 동글동글하게 빚은 찰밥과 입에 쏙 들어가게 썬 오이지이다. 서서 간단히 끼니를 때우면서도 든든하다. 무엇보다 그 간단함이 열중을 흐트러뜨리지 않을 정도라 좋다.

얼마 전 아흔에 가까운 시어머니를 노인병원에 보낸 임선생은 마침 올라온 포도 무늬 모본단 저고리를 보며 노래하듯이 말한다.

우리 노친네 모본단 저고리에 금단추 다시고 지내셨던 그 당당함 어디 가셨을까. 그 서슬 퍼런 품위 어디 가셨을까. 외며느리는 용케도 알아보시고 욕을 해대시는데 네년이 다 훔쳐갔다고 도둑년이라고 입에 담지 못할 소리 하시네. 여기 나와서 마음을 가라앉히지 않으면 밤에 잠을 못 자네. 그 욕소리 들려서.

저녁 시간을 훌쩍 넘기지만 아직 백 점 가까이밖에 찍지 못했다. 밖은 한차례 비가 지나갔건만 거리에는 무더움이 그대로 배어 있다. 열중한 뒤의 뿌듯함과 허무함이 같이 몰려온다.

나는 먼저 엄마에게 전화를 한다.

저녁 드셨어요?

오이지 무쳐 먹었다. 그게 제일 낫구나. 속이 다 가라앉는구나.

엄마는 나에게 낮에 꾼 꿈 이야기를 한다.

애, 요즘 꿈을 잘 꾸지 않는데 서랍에 잔뜩 저고리가 있지 않겠니?

웬 저고리요?

나는 놀라서 묻는다. 엄마는 딸이 하루종일 박물관에서 저고리와 묻혀 지낸 걸 알기나 하듯 대낮에 꾼 꿈 이야기를 한다.

해방 전 개성서 보던 갖저고리부터 너 낳았을 때 입었던 포플린 저고리에다가 조세트 저고리 모본단에다가. 참 이상도 하지. 그게 지금 어디 있겠니? 그런데 그 저고리들이 서랍 가득 있는 거야. 저고리 사이사이 넣어두었던 통장을 찾다 찾다 잠이 깨었다. 너도 알잖니? 옛날엔 저고리 사이사이 돈도 넣어놓고 집문서도 넣어놓고……. 그런데 왜 그런 꿈을 꾸었는지 모르겠구나.

엄마는 외아들이 죽은 후 장롱 서랍 속에 있었던 한복은 모두 누군가에게 주어버리고 허룩하게 서랍은 비운 지 오래다.

엄마 책 나오던 날

어젯밤 부산에서 돌아왔다. 내 집이 어디인고? 이상한 생활이다.

아무튼 나는 일어나자마자 물 한잔도 제대로 못 마시고 어머니 집에 간다. 힘들겠다고 피곤하겠다고 할지 모르지만 그렇지 않다. 이상하게 유목민의 피를 받았는지 길 위에서 가장 평화를 느낀다.

일주일 만에 온 아천동 엄마 집엔 협죽도 하얀 덩어리꽃이 눈에 띄고 흰색 보라색 도라지꽃이 피었다. 영양 상태가 좋은지 꽃송이가 크다. 그리고 배롱나무가 매력적인 꽃분홍 그늘을 만든다.

그런데 어머니는 내가 아침부터 온 게 미안하신지 그 마음은 모르겠지만, "나는 짜증나죽겠어. 내가 왜 개한테 휘둘려야 하니? 게다가 어리바리한 친구까지 내가 왜 데리고 가야 돼?" 하며 얼굴에 짜증이 가득이다. 나는 그 마음을 안다. "저 하나도 힘 안 들어요. 빨리 가요. 그런데 뭐 없어요? 요기할 거?" 냉장고 안에서 걸죽한 요구르트를 꺼내 마시니 금세 속이 든든하다.

"미리 말했으면 아침 준비해놓을걸." 부엌 언저리 식탁 위는 깔끔히 정돈되어 있다. 그러니까 짜증이 나시지. "아침 한끼 안 먹어도 까딱없어요." 나는 또 잘난 척을 한다. 그리고 광나루역에서 기다리기로 한 엄마의 친구들을 모시러 출발한다.

"늙으니까 짜증난다."

피부가 하얗고 장미처럼 예쁘다고 별명이 백장미인 시골 사는 엄마의 친구가 엄마를 초대했는데 원래는 백장미 아줌마가 차로 모시러 오기로 했었다. 여든의 나이에도 작은 차를 몰고 다니는데 시속 40km로만 달리신다고 한다. 그리고 무진장 기도를 하며. 그래서 내가 안 된다며 부산에서 올라온 것이다. 물론 다른 일도 있었지만.

엄마는 차에 타시더니 광나루역에서 태울 친구는 휴대폰도 잘 못 쓰고 얼마나 어리바리한지 몰라 하며 짜증나 하신다. 이제 제대로 된 친구가 없다니까. 얼마 전 다리를 다쳐서 못 나가신 걸 잊으셨는지 한참 짜증을 내신다. 그런데 광나루역에서 만난 엄마의 친구는 어깨는 좀 굽으셨지만 키도 크고 전혀 어리바리하지도 않고 멋쟁이다. 게다가 차를 타시더니 "너 왜 휴대폰 안 받니?" 하시며 엄마를 나무란다. 어리바리하다더니 엄마보다 더 똑똑하고 건강하시다. 목소리는 얼마나 칼칼한지. 뒤에서 그때부터 이야기를 하시는데 너무 재미있다. 어디선가 연기가 나니까 "불났나봐. 나는 연기를 보면 정말 무서워" 하며 전쟁의 공포가 연상되는지 진저리를 치신다.

쓰레기장에서 뭐 태우나봐요. 공장 굴뚝에서 연기 나. 어머 굴뚝이란 말 오랜만에 들어본다. 굴뚝 굴뚝 예쁜 우리말인데……. 지하철 스크린도어에서 보았다며 시를 외우신다. 김행숙의 「향일암 동백」이라고 한다. 뚝뚝 떨어져 미련 없이 지는 꽃. 기억력도 좋으시네 어리바리는 가당치도 않다.

도전리까지는 한 시간 넘게 걸리지만 지루하지도 않고 원래 운전은 좋아하는 성미이니 어려울 것도 없다. 오히려 어제 기차 타고 온 피로감이 풀린다.

백장미 아줌마는 자랑스런 작가 친구와의 1박 2일을 기획하셨다. "모든 걸 내가 알아서 할 테니 너는 하라는 대로 하면 돼." 피부가 고와 백장미라는 별명을 가진 엄마의 친구는 자신만만하고 씩씩하며 일주일에 네 번 문화센터에서 온갖 스포츠와 영어와 서도를 익히신다. 그리고 귀여운 미소를 띠고 꼭 식사 전 식사 후 기도를 거르지 않으신다.

나는 단지 운전기사 역할만 하고 돌아가기로 한다. 엄마 친구 3인조의 1박 2일을 위해. "그게 편해. 우리도 젊은 자식 눈치 보기 싫단다. 우리끼리 맘대로 놀아야지."

백장미 아줌마는 나를 위해 옥수수 만두 단호박을 싸주시고 온갖 칭찬을 다 하신다.

나는 드디어 혼자서 천천히 시골길을 돌아나오며 큰숨을 몰아쉬고 내 차에서 자유를 맛본다. 시골의 향기와 바람은 내 복잡한 생활 패턴과 심성과 성미를 긁어내려주듯 청정하다.

집에 오니 피곤감이 배어내린다. 나도 이제 재롱을 떨기엔 늙었잖아.

저녁인데 엄마의 전화다. 휴대폰에 세콤에서 긴급 출동 어쩌구 하는 게 왔는데 애 너 아천동에 좀 가봐야겠다. 목소리가 걱정스럽다. 하루 친구 집에서 묵는 것도 쉽지 않다. "알았어요. 내가 가서 잘게요." 좀 피곤하긴 하지만 거기 가서 쉬지 하며 옷을 주섬주섬 챙긴다. 아무래도 내일은 음악회에 가야 되는데 하며 정장도 옷걸이째로 주섬주섬 챙겨 비어 있는 어머니 집으로 간다. 이 편하고 좋은 집을 두고 엄마는 친구 집에서 자야 하다니.

마당에 달빛은 가득하고 이 방 저 방 왔다갔다하다 엄마 침대에서 잠이 든다.

다음날 오전 우체국택배로 책이 배달되었다. 엄마는 부재중이지만 나 혼자 소중하게 책 상자를 뜯는다.

붉은 표지가 눈에 확 들어온다. 〈붉은 상자〉라는 줄리앙 슈나벨의 그림 표지 위에 엄마의 사진으로 띠를 두른 책 『못 가본 길이 더 아름답다』.

굳이 따지자면 못 가본 길이 아름다운지 아름답지 않은지 어떻게 알까 고개를 갸우뚱하게 된다. 어머니 책의 제목치고는 애매모호하다. 그것이 더 좋을지도 모른다. 알 수 없는 것이 더 진실일 수 있으니까.

내가 꿈꾸던 비단은 현재 내가 실제로 획득한 비단보다 못할 수도 있지만, 가본 길보다는 못 가본 길이 더 아름다운 것처럼 내가 놓친 꿈에 비해 현실적으로 획득한 성공이 훨씬 초라해 보이는 건 어쩔 수가 없다.

백장미 아줌마는 여름에도 떨릴 듯이 찬바람이 나온다는 바람골과 예전엔 금광이었다는데 폐광이 된 산에 지프차를 타고 구경시켜주고 맛있는 집에 데려가고 계획이 굉장했었나보다.

백장미 아줌마의 계획으로는 경원선을 타고 청량리역에 내리는 거였는데 나는 그냥 모시러 가기로 한다. 이번에는 용문이다. 용문역에서 만나기로 하고 점심도 같이 먹기로 한다. 용문역 뜨거운 광장에서 기다리고 있는 어머니와 친구분들을 픽업한다.

내 차를 보니 안심하시는 눈빛의 엄마. 자랑스럽지만 어린 애 같은 엄마. 스스로 "스무 살에 성장을 멈춘 영혼"이라고 하는 엄마.

어머니는 이번 책의 출간을 그 어느 때보다 기뻐하신다.

여행 떠나기 전 아들에게

엄마는 천천히 짐을 꾸린다. 짐을 꾸리면서 너에게 할 잔소리를 하나하나 포스트잇에 써 넣는다. 그런데 별로 할말이 없구나. 닷새에 한 번 난 화분에 물 주기. 엄마가 떠난 동안 그저 한번만 주면 되겠구나. 엄마가 떠나기 전날 너에게 편지를 쓰는 건 다 커버린 너를 두고 가는 게 안쓰러워서는 전혀 아니고. 엄마가 이렇게 홀가분하게 떠날 수 있는 게 하도 고마워서야. 여행 짐을 꾸릴 때마다 그렇게 주의사항이 많던 아빠도 조심히 다녀오라는 말 이외에는 아무 말씀하지 않고 부산에 내려가셨지. 엄마의 자유가 참으로 고맙고 귀하구나.

할머니와 같이 가려고 계획했던 여행이고 여행기를 같이 쓰려고 출판사와 약속을 한 상태였는데. 할머니는 마지막 티켓팅 순간까지 가시고 싶어하셨지. 이모들도 말리고 할머니 발목이 자신 있게 걸어다니시기엔 아직 불완전하고. 할머니가 가길 포기하는 순간의 눈빛을 보았지. 서운해하시며 "네가 없는데 나라도 집을 지키고 있어야지" 하시더구나.

쉰 명이 가까운 일행과 함께지만 엄마가 이렇게 가뿐하게 떠나기는 처음이구나. 네가 초등학교 다닐 때 나는 자유로운 생활을 하기를 꿈꾼다고 쓴 작문이 생각나는구나.

오스트리아에서 클림트와 에곤 실레의 그림을 볼 수 있을 거야. 할머니는 행복하고 예쁜 그림카드를 사다달라고 하시더구나. 그러면서 뭉크의 절규하는 그림으로는 축하카드를 보낼 수가 없더라 하시는 거 있지. 할머니는 언제나 유머가 있으시지.

할머니를 부탁해. 전화드리고 엄마 없는 동안 아천동에서 고기도 구워먹고. 드라이브도 시켜드리고. 전구다마도 갈아드리고. 너와 할머니는 잘 통하잖아. 서로의 자유를 존중하고 간섭하지 않으면서 같이 있을 수 있는 사람들이지.

여정중에 궁전이나 유적보다는 그림들을 만나고 아드리아해를 낀 길을 하염없이 가는 게 기대가 되는구나. 멍청히 바라보아야지. 그 생각에 설레인다.

그리고 메주고리예에서 성모님을 만나게 되겠지. 성모님의 옷자락이라도 스치게 되리라 믿는단다. 성지에서 감사의 미사를 드릴 생각을 하면 마음이 숙연해지는구나.

아들아. "회사 일은 재미있니?" 물으면 "엄마, 직장은 재미로 다니는 게 아니에요." 제법 어른스럽게 대답하지만 네가 가끔 직장 일에 대해 이야기할 때가 가장 자랑스럽단다. 사회와 삶의 현장 속에서 조금씩 찌들어가는 것도 그렇게 나쁘지 않단다. 여자들이 설거지를 하고 목욕탕을 청소하는 것이 나쁘지 않듯이. 밥벌이와 생활을 위해 일하는 것은 다 신성하게 느껴지니까.

재떨이의 담뱃재 꼭 자주 버리도록. 방에 냄새가 배니까. 엄마의 잔소리. 담배 끊으란 소리는 안 한다. 차 안에 담배꽁초 두지 말고.

그 외에는 아무런 부탁이 없어. 엄마가 자유로운 생활을 꿈꾸어왔듯이 너도 자유롭기를 원하니까. 저번 추석 때 산소에 갔다 올라가면서 찍은 사진이야. 할머니의 손을 잡은 너희들의 뒷모습이 마음에 들어서.

2장

그후

글라디올러스의 기억

왜 이렇게 몸과 마음이 빈껍데기처럼 느껴질까? 그러면서도 몸과 마음이 천근같이 무겁다. 이 계절을 지내기 힘들다. 엄마가 살아 계실 때 가장 지내기 힘들어하셨던 계절인데 나한테까지 옮아 전해지는 것일까?

나는 엄마 탓을 한다. 뭐든지 힘들거나 속상하거나 마음대로 안 되면 나는 마음놓고 엄마 탓을 한다. 엄마가 이 세상에 안 계시기 때문.

그러나 엄마가 이 세상에 없다는 게 믿어지지 않는다. 엄마의 죽음을 받아들이지 못해서가 아니라 엄마가 죽지 않은 것 같다. 엄마의 글에서 들려주는 목소리가 너무 생생하기 때문이다. 나는 더욱더 엄마의 눈길을 피할 수가 없고 자유롭지 못하다.

친구가 긴요하다고 사다준 작은 스프링쿨러 덕분에 말라가는 잔디의 목을 축여준다. 작은 분수와 같이 돌돌돌 원으로 돌아가며 물을 뿌려준다. 그래도 로봇 청소기처럼 자동으로 돌아다니는 것은 아니어서 가끔 나가서 장소를 옮겨주어야 한다.

살구가 누렁누렁 익어 며칠째 뚝뚝 떨어진다. 엄마는 큰 솥에다 살구잼을 만들어 지인들에게 나누어주셨었다. 아마 몇 년 동안 한 번이라도 그 잼을 맛본 사람이 족히 스무 사람은 넘을 것 같다. 유난히 향이 깊고 새콤달콤하여 박완서 표 살구잼이라고 하는 사람도 있었다.

작년에는 살구가 두세 개밖에 열리지 않아 주인이 없어 나무도 슬퍼 열매도 열리지 않는구나 하며 서러워했었다. 그러나 올해는 많이 열렸다. 특히나 집 밖으로 난 가지에 많이 달려 지나가는 사람들에게 선물을 주는 것 같다.

나는 살구를 동생들과 아이들에게 나누어주었지만 아직도 잼은 만들지 않고 있다. 레인지 곁에 붙어 서서 냄비를 젓고 있던 엄마의 모습이 떠오르기도 하고, 만들었다 해도 누군가에게 나누어주는 일의 되풀이에 불현듯 피곤감이 오기 때문이다. 뜨거운 솥 앞에서 끓는 잼을 저어주는 일이 곤고하다.

그 어느 해보다 가물지만 백합과 주황빛 나리와 원추리꽃이 빛깔을 맞추듯 주황빛으로 물들어간다. 그런데 그 화려한 빛깔조차 왜 노을빛처럼 처연하고 슬퍼 보이는 것일까?

어제는 영인문학관에서 강인숙 관장님의 강연이 있었다. 어머니 작품의 연구를 많이 하고 책을 내신 학자의 풍모, 문학박물관을 이끌어가는 박물관장의 역할, 이어령 장관의 아내로서의 삶, 자식을 둔 엄마, 할머니, 자식을 잃은 엄마, 모든 것이 혼합된 인격이지만, 겉으로는 단순한 하얀 카디건을 걸치고 여름 감기로 목이 쉰 여든이 다 된 그냥 할머니의 모습일 뿐이다.

어머니 작품으로 얼마나 많은 이야기를 뿜어낼 수 있을까? 비슷한 나이에 6·25를 겪었고 같은 대학을 다녔던 분, 6·25 전쟁통에 피난중 폭격으로 불타는 마을에서 본 펄펄 끓는 장독대는 그분에게 얼마나 큰 각인이고 상처였을까?

나는 그 자리에서 갑자기 피곤감이 온다. 쌓이고 쌓인 기억의 켜가 내 머리를 무겁게 눌러온다. 선생님의 강연이 끝나자 감사의 포옹을 나누고 서둘러 차를 몰고 집으로 온다.

도망가고 싶다. 어디론가 피하고 싶기도 하고 말도 안 되는 말을 마구 떠들고도 싶어진다. 친구 누군가를 떠올려보지만 아무도 만만하게 내 감정을 받아줄 사람이 없다.

조용히 혼자 있는 게 좋아. 골이 꽉 찬 것 같기도 하고 텅 빈 것 같기도 한 느낌이 교차한다. 아무 생각을 말아야지. 엄마의 문학에 대해서도, 마당 구석구석 잡초에 대해서도, 저녁을 무얼 먹느냐에 대해서도.

너도 이제 늙었어. 네 몸이나 잘 건사하라고, 가끔 충전을 해주지 않으면 경고음이 나오게 될 거야. 엄마는 돌아가셨어. 너무 잘하려고 애쓰지 마. 너는 작가도 아니고 그저 작가의 딸일 뿐이야. 그동안 많이 애썼잖아 하며 자신을 얼러본다. 그냥 자유롭게 생각하고 행복했던 기억을 되살려봐. 기쁘고 행복했던 기억의 리스트가 얼마나 많았니? 얼마나 많은 사랑을 받았니? 혼자 위로를 한다. 그러나 이미 마비가 되어 굳어버린 근육처럼 딱딱한 감정이 풀어지지 않는다. 집에 가서 나의 작은 방에 웅크리고 자야지. 조용히.

마당의 곳곳에 눈길을 주는 것조차 에너지가 있어야 하는데 마당을 외면하듯이 들어와 웃옷만 갈아입고 작은 방에 틀어박힌다. 엄마! 소리내어 울고 싶기도 하다.

이른봄 미국식 마트에서 글라디올러스 구근을 한 봉지 사왔다. 엄마가 살아 계실 때 한 번도 심지 않았던 종류이다. 수선화 튤립 히아신스 백합 같은 구근은 해마다 심기도 하고 저절로 올라오기도 했지만. 붉은 꽃의 사진이 그려진 큰 봉지 안에는 쉰 개가 들어 있었고 심는 법도 그림으로 자세히 보여주었다. 심는 깊이와 간격, 심는 날짜 그리고 꽃 피는 시기가. 그러나 그걸 심으면서도 믿어지지는 않았다. 과연? 씨앗을 심으면서 그게 움이 트기를 기다리는 것은 굉장한 인내와 신뢰이다.

고개를 갸우뚱거리며 마당 곳곳에 나누어 심었는데 어느 날 움이 트기 시작했다. 하나도 빠지지 않고. 놀라운 일이었다. 긴

칼과 같은 글라디올러스 잎이 올라왔다. 놀라운 당당함으로 날카로움으로 올라왔지만 과연 꽃이 필 수 있을까?

그런데 6월의 어느 무더운 날 꽃대가 올라오는 것이 아닌가. 경이로운 순간이었다. 엄마가 보지 못한 광경이었다. 엄마 이거 보세요. 이 기하학적인 꽃대의 당당한 디자인을. 엄마의 기뻐하는 표정이 떠오른다. 언제나 생각을 머금은 표정.

나는 다시 기력을 회복한다. 저 빛나는 칼끝 같은 글라디올러스의 꽃대를 보아라. 나는 다시 칼을 갈아야 하겠다고 생각한다. 느리게라도, 녹슬고 무딘 오래된 칼이라도.

엄마의 뜰 가꾸기

마치 봄이 오지 않을 듯이 4월에 들어서도 아침에 일어나면 작은 물확에 고인 물이 꽝꽝 얼어 있기도 했다. 그래도 이제 마당에 연둣빛이 가득하다.

산수유 매화 돌단풍 목련 살구나무가 꽃을 터뜨리고 튤립이 꽃망울을 맺고 작은 바이올렛 종류의 연보랏빛 꽃들이 점점 번져서 피고 있다. 어머니가 돌아가신 후 겨울 마당을 바라보며 이 세상 기쁨을 다시 느끼지 못할 듯 슬픔에 가득찼었는데 자연스럽게 기쁨이 찾아온다. 어머니를 여의고 저절로 나오던 깊은 탄식과 한숨이 작은 꽃과 연둣빛 새순을 보며 기쁨의 탄성으로 바뀐다. 마당 곳곳에 엄마의 영혼이 깃들어 있어 마음껏 기쁨과 즐거움을 느끼라고 부추기는 것 같다.

내가 태어났던 낙산 밑의 작은 한옥에는 뜰이 없었다. 다 합해야 스무 평도 안 되는 코딱지만한 한옥이었으니 화초담은 있었지만 꽃 한 포기 심을 땅이 없었다. 봄이 되면 엄마는 나를 데리고 종로5가 길가에 있었던 꽃시장에서 베고니아 화분을 사다가 툇마루에 놓기도 했다. 그러나 그 화분은 얼마 지나지 않아 시들어버리곤 했다. 엄마는 그 작은 집에서 딸 넷을 낳았는데 딸들을 그 집에서 도저히 기를 수 없다고 생각하셨다.

아버지와 할머니는 사대문 안에만 살았던 서울 토박이라 엄마의 이사 계획에 적극적으로 동참하지 않았지만 엄마는 동대문 밖으로 집을 보러 나니셨다. 지금이야 서울 시내 한복판이지만 그때는 마치 신도시로 나가는 느낌이었다.

그래서 이사 간 곳이 신설동의 넓은 한옥이었는데 순전히 엄마의 발품과 노력으로 구한 집이었다. ㄷ자 형의 널찍한 한옥에는 중간 마당이 꽤 되었다. 엄마는 그 마당에 사루비아를 심고 칸나 구근을 심어 시원한 잎을 드리우고 붉은 꽃을 피우게 했고 포도나무를 심어 덩굴 그늘을 만들어주었다. 그리고 우리들을 위한 공부방을 만들어주었다. 독방은 아니지만 두 자매가 넉넉히 쓸 수 있는 공간이었고 벽에 책장과 책상을 짜주었다. 엄마는 모든 것을 자식들 공부를 위한 환경으로 바꾸어주었다. 그러나 엄마의 생활은 늘 안방과 부엌에서만 이루어졌다. 그 당시 모든 평범한 아낙네의 생활과 다르지 않았다. 엄마는 그 안방에서

충신동 집에서 원경 원순과 함께.

보문동 집에서 원순 원경과 함께.

그 당시로서는 사진을 참 많이 찍어주었다.
엄마가 가꾼 마당이 또렷이 보인다. 유도화가 지천이었다.

의식주뿐 아니라 재봉틀로 우리들 옷을 만들기도 했고 때로는 화투장을 펴놓고 재수점을 치기도 했다.

화투패를 떼고 있는 젊은 엄마의 모습을 기억하고 있는 나는 지금 생각하면 과연 그런 일이 있었을까 싶기도 하고 그런 엄마의 모습이 그립기도 하다. 작가가 되기 전 평범한 엄마였던 일상의 순간들이 문득문득 그리워진다.

유난히 마당에 볕이 잘 드는 집이었던 뜰에는 늘 꽃이 가득했다. 엄마는 그 뜰 전체에 잔디를 깔고 곳곳에 꽃을 심었다. 엄마의 뜰 가꾸는 취미는 아주 오래전 고향인 개성 사람들의 취향에서 왔다는 것은 장편소설 『미망』을 보고야 알게 되었다.

이곳 아치울에 집을 짓고 이사 올 때 가장 기뻐하신 이유는 마음대로 가꿀 수 있는 뜰을 갖게 된 거였다. 엄마의 소원이 드디어 이루어진 것이다. 집 앞으로는 냇물이 흐르고 나지막한 앞산에는 밤나무 숲이 있고 골목에는 큰 벚나무가 심어진 아름다운 동네였다. 엄마의 고향마을 박적골을 연상시킨다고 하셨다. 육십대가 훨씬 넘어 칠순을 바라보는 나이셨지만 엄마는 신접살림을 차리는 새댁보다 더 꿈에 부풀어 있었다. 봄이 오는 뜰을 바라보며 글을 쓰는 자유로운 생활의 꿈을 이루신 것은 삼십년 가까이 작가 생활을 하고 난 뒤였다. 무엇보다 엄마에게 뜰에서의 육체적인 노동은 정신적인 노동의 균형을 잡아주는 소중한 일이었다.

아치울 마당을 가꾸면서 봄이 되면 양재동 꽃시장에 야생화 꽃모종과 구근을 사러 가는 것은 얼마나 즐거운 추억이었던가. 몇 포기 안 되던 은방울꽃이 마당 곳곳 돌 틈 사이에서 쑥쑥 올라오는 것을 보는 것은 얼마나 큰 기쁨이었던가. 해마다 조금씩 포기 나누기를 하여 번식시킨 엄마의 손길 덕분이었다.

엄마는 가까운 친구들을 초대하여 즐거운 식탁을 차리셨다. 딸들이 도와주기도 했지만 메뉴는 꼭 엄마가 정하셨고 모자라지도 지나치지도 않은 양과 메뉴 선택으로 꾸미셨다. 초대받은 젊은 문인들과 엄마를 좋아하던 사람들은 엄마가 꾸민 식탁을 오래도록 못 잊어했다. 그것은 엄마가 평생 식구들을 위해 차려주었던 일상의 숱한 식탁과 다르지 않았기 때문이다.

오늘도 마당가에 올라오는 머윗잎을 따다가 데쳐서 된장에 싸먹으며 엄마 생각을 하게 된다. 씁쓸하면서도 개운하고 흙내음에 가까운 향취에 흙으로 돌아가신 분의 생각에 잠기게 된다. 지천으로 올라오는 부춧잎을 캐어 오이소박이를 담가놓으며 부추 뿌리에서 나는 신선한 흙냄새에 생기를 되찾는다.

엄마는 생활과 문학이 동떨어지지 않았고, 글은 사십 년이 넘었는데도 방금 잡아올린 물고기와 같은 힘과 생명력이 느껴진다. 나는 오랫동안 엄마를 객관적인 눈으로 관찰해오기도 하고 나름으로 연구를 하기도 했지만 나의 좁은 식견으로는 그러

엄마의 힘이 어디서 나왔는지 알 수가 없다. 그 안에 강하고 따뜻한 사랑의 힘이 있어서일까. 엄마의 뜰에 서서 땅을 딛고 하늘을 쳐다보면 신비스럽게도 그 힘이 전해온다.

엄마의 목소리

엄마의 마당에 소리 없이 가을이 드리워졌다. 아주 조금씩 어느 날은 천천히 책의 페이지를 넘기듯 오다가 어느 날은 하나의 챕터가 넘어가듯이 뭉텅이로 온다. 계절의 흐름은 늘 그랬다. 9월이 지나도 남아 있던 끈끈한 더위와 어쩔 수 없이 스며드는 찬 기운에 진저리를 치던 엄마의 모습이 생각난다. 계절이 바뀔 때마다 그 흐름에 예민하게 반응했던 엄마와 때로는 마음에 추를 달듯이 무딘 것처럼 무심하게 시간의 중심에 섰던 담담한 표정이 생각난다. 엄마는 늘 그랬다. 섬세한 듯하다가도 굵직하게 무게를 주는 선이 있었다.

어머니에 관한 글을 쓸 때마다 마치 처음 만난 낯선 사람처럼 맞닥뜨리게 된다. 가장 잘 아는 것 같지만 아무것도 알 수 없는 지경이 된다. 결국은 눈을 감고 조용히 들려오는 목소리를 더듬어가게 된다. 어릴 때 엄마가 친정 나들이를 할 때면 맏이인 나를 데리고 갔다. 홀시어머니를 모시는 새댁의 친정 나들이는 쉽지 않았다. 충신동 집에서 외갓집인 돈암동이면 지금은 얼마나 가까운 거리인가. 지하철 두 정거장도 안 되는 거리인데 어린 나의 눈으로는 버스로 두세 정거장을 가는 것이 참으로 길게 느껴졌다. 동숭동 서울대 문리대 곁을 흐르는 개천에는 무슨 염색공장에서 흘러나온 시커먼 물이 흐르기도 하고 은행나무가 노랗게 물들어 흩날리면서 황홀하기도 했지만 혜화동 로터리를 돌아 돌축대를 지나갈 때면 그 높이가 아득해 보였다. 엄마는 버스 창밖을 보고 있는데 눈길은 하염없이 멀리 바라보는 듯했고 너무 골똘해서 다른 세계로 날아가버릴 것 같았다. 옆에 있는 나를 잊고 있는 듯했다. 그때 엄마가 바라보고 있었던 것은 창밖의 풍경이 아니었고 그 거리에서 일어났던 생생한 기억들이었으리라. 그래서 그때 엄마의 표정이 그렇게도 낯설고 멀게 느껴진 것이리라. 엄마의 치마폭에서 났던 은은한 냄새와 저고리의 감촉까지도 생생하지만 엄마는 늘 멀었다. 내 어릴 적 최초의 불안감이라고나 할까? 엄마가 내 손을 놓고 저 거리 속으로 빠져들어가버리면 미아가 될 것 같은 비극적인 상상력과 막연한 불안감은 터무니없었지만 선명했다. 나는 훗날 그 불안감과 서먹함의 정체를 어머니의 소설을 보며 알았다. 엄마의 최초의 소설 『나목』이 나온 것은 충격이었지만 막연한 불안감의 정체를 알아버린 후련함이 있었다. 그러나 올 것이 왔다는 후련함과 평범해 보였던 엄마가 작가가 되었다는 자랑스러움보다는 문학의 세계로 들어가버린 엄마에 대한 상실감으로 가슴이 먹먹해졌다. 그건 나만의 성장통 같은 것이어서 누구와도 나눌 수 없는 것이었다.

그 울먹임이 아직도 남아 있다. 아직도 버릇처럼 엄마를 부르지만 이제 엄마는 영원히 책 속으로 들어가버린 것이다.

어제 영인문학관에서 전시가 시작되었다. 전시 제목은 〈이런 책을 아시나요〉. 1950년대부터 1970년대에 이르는 초판본과 희귀본의 전시였는데 그것만으로도 문학의 역사였다. 1990년대 초반 어머니가 서재에서 르모라는 최초의 문자작성용 컴퓨터로 글을 쓰는 사진이 걸려 있다. 그때의 엄마는 무심하면서도 집중하고 있는 표정이다.

어머니는 그때부터 컴퓨터에 글을 쓰고 디스켓에 문서를 저장했다. 르모로부터 시작하여 컴퓨터의 발전에 따라 바꾸어 사용하다가 돌아가시기 직전엔 노트북을 사용하였다. 새로운 기기에 낯설어하면서도 빠르게 받아들이고 적응해나가셨다. 나는 어머니의 그런 면을 좋아한다. 자연스럽게 시대의 흐름을 따르면서 맞추어가는 유연함을 좋아한다.

식탁 조명등 위에 걸어놓은 모빌이다.
이병률 시인이 아프리카 여행을 갔다와서 어머니께 드린 선물이다.
나무를 깎아 미려하게 만든 새 조각은 가볍게 날아가는 듯하고 지저귀는 소리가 들리는 듯하다.
어머니가 돌아가신 후 식탁에서 밥을 먹을 때마다 하염없이 쳐다보게 된다.

그 유연함과 함께 어머니를 따르고 싶었던 것 중의 하나가 집중력이었는데 감히 다가가기 어려운 경이로울 경지였다. 초기에 장편소설 『휘청거리는 오후』『그해 겨울은 따뜻했네』『살아 있는 날의 시작』을 신문에 연재할 때는 무서울 정도의 집중력과 끈질김이었다. 나는 글쓰는 엄마를 외면했다. 도와줄 수도 없고 간섭할 수도 없는 엄마만의 일이었으므로. 그러나 엄마에게 가족의 일은 그렇지 않았다. 노망이 든 할머니와 늘 해왔던 아버지 수발과 해마다 돌아오는 아이들의 입시로부터 어머니는 놓여날 수가 없었다. 그 가족사를 회피하지 않으면서 결국에는 다 문학으로 풀어내셨다. 그 어떤 것도 외면하지 않고 하나도 버리지 않았다. 머리를 숙일 수밖에 없다.

내가 어머니의 문학을 마음속 깊이 사랑하고 존경하게 된 것은 1988년 이후의 작품들이었다. 우리 가족에게 정말로 슬픈 일이 생기고 난 이후의 글들은 슬프도록 아름다웠다. 나는 엄마의 글을 다시 읽으면 꼭 눈물을 흘리고야 마는데 그걸 쓸 때의 엄마의 표정, 걸음걸이, 조바심과 서성임, 쾌활했던 몸 움직임, 봉투를 뜯을 때의 신경질적인 손놀림, 비스듬히 누워 보시던 책들의 아름다운 표지와 제목, 나를 한심하게 바라보던 안타까운 눈빛까지도 그리워지기 때문이다.

『아주 오래된 농담』을 쓰실 때에는 가까이에서 지켜보았다. 칠십대에 들어선 나이에 300매에 가까운 1회 분량을 써내는 걸 바라보는 것도 고통이었는데 막상 나온 소설은 경쾌할 정도로 젊은 감각의 리듬으로 읽혔다.

글쓰는 노역을 바라보기도 안쓰러웠던 엄마와 첫사랑의 감미로운 감각을 함께 지닌 엄마, 그 거리감은 멀고도 가까웠다.

나는 엄마와 나 사이에 있는 그 거리감을 사랑하게 되었다. 그 거리감은 결국 고독감과 통하는 것이어서 누구와도 나눌 수 없는 것이지만 그 고비를 넘기면 믿을 수 없는 편안함이 온다.

어머니의 단편 하나하나가 그 시대의 촌철살인인 때가 있었다. 그러나 시간이 흐르면서 부드럽고 유장하게 흘러가는 강물과 같아 그 강물 곁에 수양벚나무가 드리우기도 하고 작은 들꽃들이 속삭이기도 한다. 또 가끔 폭포를 이루어 정신이 번쩍 들게도 하지만.
— 박완서 단편소설 전집 『그리움을 위하여』 서문

내 정신이 흩어지려고 할 때 엄마를 생각한다. 걸음걸이가 삐걱거릴 때 걸음에만 집중하라고 하고, 다듬어지지 않은 아무 말이나 튀어나올 때 엄마가 내 입을 조용히 막는다. 이제는 그게 귀찮지가 않고 고맙기만 하다. 이제 내 나이가 자유보다는 절제를 필요로 하는 시기에 이른 것이다.

그러나 또 목소리가 들린다. 네 마음대로 하여라. 네 마음이 내키는 대로 하거라. 너는 너니까.

나는 자유로움을 주는 엄마의 목소리를 사랑한다. 때로는 호방하게 때로는 자애롭게 들리는 그 목소리를 좋아한다. 네가 너일 때가 가장 사랑스럽다는 말도 들린다.

어머니의 그 많은 글들이 '기나긴 하루' 만에 쓴 글 같기도 하고 정말로 몇백 년을 산 것 같다는 어머니 말씀대로 수백 년에 걸쳐 쓴 글 같기도 하다. 아니면 시간을 가늘게 잘라 실험용 슬라이드처럼 편린으로 보여주기도 한다.

어머니 문학의 숲에는 많은 비밀이 숨어 있다. 복잡하게 읽혀 있기도 하지만 풀어가는 열쇠와 코드가 숨어 있다. 아직도 다 이해할 수 없는 비의가 숨어 있다는 것이 신비롭기만 하다.

사루비아

그 큰비 가운데서도 어느 틈에 꽃대가 땅으로부터 올라오더니 상사화가 피었다. 싱싱하던 잎은 벌써 시들고 녹아 흔적이 없는데 그 자리에서 기적처럼 올라온 직립의 꽃대가 하루하루 키를 키우더니 보랏빛이 도는 분홍꽃을 피웠다. 나는 꽃을 보며 소리도 내지 못하고 엄마를 부른다. 엄마, 상사화가 피었네요. 은은한 향기, 중심으로부터 솟아올라 날렵하게 곡선을 그리는 꽃술, 섬세하게 갈라져 피어올라온 그 분할의 정확성에 소리 없이 또 엄마를 부른다. 하나의 꽃대에서 넉넉하게 대여섯 송이가 피어나는 다산성까지도 엄마를 생각하게 한다. 그 많은 낮밤을 규칙도 없이 마구 내리던 빗소리를 이겨내었는가. 엄마의 손길과 눈길이 닿았던 뜰을 바라보며 엄마가 가버린 뜰을 바라보며

엄마를 생각한다. 이미 상사화 잎처럼 흔적도 없이 흙으로 돌아
간 엄마. 그런데 다시 엄마가 꽃으로 피었다고 생각하지 않을 수
가 없다.

　하늘이 뚫린 것 같이 세상이 다 물에 잠길 것 같이 지겨운
비가 오는 밤이면 생각나는 장면이 있다. 어릴 적 보문동 한옥집
에 살고 있을 때였다. 집 가까이 오 분도 안 되는 거리에 우리 소
유의 또하나의 집이 있었다. 우리집은 지대가 높은 곳이고 제법
튼튼하게 지은 한옥이라 물에 잠기거나 무너질 염려가 없었지만
시장통으로 내려가는 골목에 면한 그 집은 여름 장마철만 되면
걱정이었다. 우리는 그 집을 공장집이라고 불렀는데 오래된 일본
식으로 된 허름하고 허술한 이층집이었고 아버지가 가내공장을
하기 위해 사놓은 집이었다. 특히 여름엔 슬레이트 가건물 지붕
이 어찌나 무더웠는지 모른다. 집에서 얼마 안 되는 거리였지만
그곳을 오가는 것은 고역이었다. 플라스틱 시장바구니에 점심이
나 새참을 해 나르는 엄마는 무척이나 지치고 힘들어 보였다. 내
어린 눈에도 그리 잘될 것 같지 않은 공장이었다. 괜히 엄마 고
생이나 시키는 거 아닐까? 전기기구를 파는 상업만 하다가 가내
공장을 시작한 아버지의 모습은 어쩐지 불안하고 위태로워 보였
다. 양반은 아니지만 점잖은 서울 토박이인 아버지에겐 직공들
을 부리는 험한 일이 버거워 보일 뿐이었다.

　엄마는 비가 심하게 오는 장마철이나 태풍이 몰아칠 것 같

으면 그 집 걱정으로 잠을 못 이루셨다. 게다가 그 집 아래층에는 공장에서 일하는 사람도 기거하고 있었으니 혹시나 무슨 일이 나면 우리 책임이라고 생각하셨다. 밤늦게까지 잠을 못 이루시다가 벌떡 일어나 결국에는 천둥번개 속이라도 우산을 받고 가보곤 하였다. 우산은 이미 소용이 없고 아랫도리는 금세 젖게 만드는 빗속을 걸어갈 때의 풍경이 떠오른다. 지금 생각하면 분명히 있었던 일이었지만 현실이 아니었던 것처럼, 아니면 전생의 일처럼 아득하다.

나는 아직도 비가 많이 오는 날이면 지금은 흔적도 없고 이미 우리 소유도 아닌 공장집이 떠오르고 근심이 가득한 표정으로 그 빗속을 걸어가던 엄마의 얼굴이 떠오른다.

엄마는 그 집 2층에서 『나목』을 쓰셨다. 그걸 아는 사람이 있을까? 1970년 여름이었을 것이다. 특히나 2층은 무척 더웠고 바닥에는 다다미가 깔려 있었다. 그 다다미 바닥이 오래되어 바스러지던 냄새와 거칠거칠하던 감촉이 아직도 생각난다. 한쪽 벽에는 책상이라고 할 수도 없는 그냥 나무를 버티어놓은 작업대 같은 게 있었는데 『나목』의 초고를 거기에서 쓰셨다. 그리고 그때 한옥의 마당을 가득 채웠던 사루비아꽃이 떠오른다. 엄마의 소설에 나오는 사루비아는 피에 물든 호청을 떠오르게 하는 꽃의 이미지로 떠오른다.

나는 그 사루비아꽃을 『나목』에서 보았다.

나는 사루비아를 좋아했다. 너무 애련하거나 연약하지 않은 그 건전함을, 줄기찬 선홍빛 생명력이 허약한 나에겐 엄숙하게조차 느껴졌다. 나는 물끄러미 창밖의 사루비아를 바라보다가 혼곤하게 낮잠에 빠지곤 했다. 그리고 나는 붉디붉은 호청을 꿈꿨다. 피묻은 호청에 휘감기는 악몽은 매일 낮 계속되고 잠 못 이루는 밤이 뒤따랐다. 집으로 가고 싶었다.

나는 꼭 선홍빛 사루비아 때문에 그런 꿈을 꾸고 그런 악몽이 차츰 나를 좀먹는다고 생각하기 시작했다.

어머니는 어느 방에 누워서 저 선홍빛을 봐야 하는 걸까? 가엾은 어머니, 어머니가 저런 걸 봐야 하다니, 아무도 모를 게다. 어머니가 저런 걸 봐서는 안 되는 까닭을, 가엾은 나의 엄마. 나는 어머니에 대한 연민과 사랑으로 몰래 오열했다.

사루비아는 심심풀이로 꽃술에서 꿀을 빨아먹던 흔하고 평범한 꽃이 아니라 엄마의 문학 속에서 섬뜩하도록 강렬한 이미지로 들어가는 장면이었다. 나는 '가엾은 나의 엄마' 그 구절에 이르러서는 숨이 막힐 것 같았다.

나는 그때 엄마의 첫 소설을 읽으며 얼마나 진저리를 쳤는지 모른다. 그 글을 본 이후 사루비아는 그냥 꽃이 아니었다. 그리고 엄마는 이제 다정한 웃음을 지으며 꽃씨를 심고 꽃모종을 심던 단순한 엄마가 아니었다.

　문학의 세계 안으로 쑥 들어가버린 것이다. 누가 엄마를 가로채어 빼앗아간 것도 아닌데 나는 문밖으로 쫓겨나 엄마를 빼앗긴 서러움에 흑흑 울고 싶었다. 그러나 가슴이 먹먹할 뿐 눈물이 나오지 않았다. 스스로 위로하기 위해 억지로 성숙한 모습을 보이기 위해 '우리 엄마가 드디어 해내었어' 하며 자랑스러움에 가슴이 뿌듯하게 만들었다. 그 두 가지 마음을 똑같이 가슴에 품고 있는 것이 이해가 될 것인가. 뻥 뚫린 허전함과 자랑스러운 가슴 뿌듯함. 그 두 가지 감정은 엄마와 나 사이에 늘 이중으로 공존했다.

　엄마가 우리 곁을 떠나신 후 처음으로 맞는 이 여름을 어머니의 장편소설을 교정보는 일로 보내게 되었다. 내년 초에 나올 문학전집의 최종 교정을 보는 일이 나에게 주어졌다. 돌아가시기 전부터 해오던 엄마의 몫을 대신하는 일이다. 나에게 주어진 고마운 일이었지만 고통이었다. 그러나 엄마를 만날 수 있는 확실한 통로였다. 글을 통해 엄마의 목소리를 들었고 때로는 잊었던 체취도 되살아났다. 엄마의 소설은 고통이 없이는 그 문 안으로 들어가 만날 수 없다. 큰 강처럼 유장하게 흐르는 엄마의 소설을 보다가 괴로우면 내팽개치다가 엄마가 그리우면 다시 교정지를 펼쳤다. 『오만과 몽상』 『창밖은 봄』 『그해 겨울은 따뜻했네』에서 변주되는 집의 이미지는 놀랍게도 그 공장집이었다. 가진 것이 없고 가난하고 도시의 변두리에서 살아남으려는 인물들이 사는 집이었다. 아버지의 실패한 공장집은 엄마 소설의 공간에서 빛나도록 되살아나고 있었다. 그런 허술한 집에서 보낸 기억이 없었다면 그렇게 생생하게 그려낼 수 있었을까.

엄마의 소설은 중독성이 있어서 한번 손에 들고 빨려들어가기 시작하면 읽는 사람을 놓아주지 않는다. 나는 그런 면에 감복하기도 하고 또 그 이유 때문에 지겨워하고 질려하기도 했다. 그러나 마냥 솟아나오는 줄 알았던 엄마의 글을 이제 더이상 볼 수 없다는 것이 가슴이 사무치게 슬퍼진다.

엄마의 노년을 보냈던 아치울 뜰에 조용히 시간이 흐르고 있다. 문을 들어서자마자 반기는 나무수국 꽃이 피어 연둣빛에서 흰빛으로 점점 옮겨간다. 이제 곧 밤에도 알아볼 수 있을 정도로 흰빛을 띠게 될 것이다.

검은빛의 제비나비가 그 날렵한 디자인과 완벽한 색채를 뽐내며 날아다닌다. 주인의 눈길이 없어도 자유롭게 당당하게 날아다닌다.

담 밑에는 도라지꽃이 그 신비한 각을 한 모양의 꽃주머니를 터뜨리고 흰빛과 보랏빛이 조화롭게 어우러지고 있다. 네 개의 꽃잎은 통꽃이면서도 분할이 정확하다.

목백일홍의 붉은빛은 강렬하면서도 선연하다. 지고 나면 뚝뚝 떨어지지만 아마도 이 여름이 다 끝나가도록 줄곧 피어올라 올 것 같다.

야생화인 벌개미취도 넓게 퍼져 보랏빛 화단을 이룬다. 프록스라고도 하는 서양이름 다년초 협죽도도 이제 넓게 자리잡아 흰빛 붉은빛으로 그림을 그려준다.

능소화는 아예 담을 넘어 이웃집 담으로 넘어가고 있다. 숲이 체머리를 흔들듯 춤을 추고 있다. 태풍의 기운을 담은 불안한 바람에 숲이 술렁인다.

엄마가 부르던 노래를 흥얼거리는 내 자신을 본다. 뜰을 가꾸던 호미 자루를 던져놓고 가볍게 떠난 엄마를 그리워한다. 엄마의 뜰을 같이 가꾸던 기억을 간직한 식물들만이 잔잔한 위로를 준다. 그 꽃들은 마치 엄마의 추억 속으로 들어가는 작은 열쇠와 같다고 생각한다.

엄마의 말뚝, 그후

슬픈 꿈이었다.

엄마는 아주 늙고 늙어 등이 거의 90도 각도로 굽은데다가 머리칼은 백발이었고 눈도 어둡고 귀도 어두운 듯했다. 엄마는 굽은 등을 보이며 뭔가를 열심히 찾고 있었다. 늙었지만 엄마는 살아 계셨고 다만 아주 오랜 세월이 흘러가 있었다. 꿈에서도 눈물이 흘렀다. 엄마가 그토록 늙으신 게 슬퍼서, 그렇지만 늙어서라도 살아 계신 게 기뻐서 눈물이 흘러나왔다. 그러나 꿈 속에선 엄마와 나 사이에 보이지 않는 벽이 가로막힌 듯 가까이 다가갈 수 없었고 내 목소리를 듣지 못하는 것 같아 나는 엄마를 소리쳐 불러볼 뿐이었다. 오래된 궤짝 위의 무언가를 골똘히 찾는 뒷모습만 보였다. 꿈이란 얼마나 안타까운 순간인가. 소리

치며 무얼 찾으시냐고 엄마를 부르다 부르다 잠이 깼다. 잠에서
깨니 목이 쉬었고 눈에는 꿈속에서 비죽비죽 나온 눈물이 말라
붙어 있었다.

전집 발간 작업의 마무리가 진행중이었다. 기획의 글을 수십
번 고쳐쓰고 기획위원들과 편집부 직원이 달라붙어 겨우겨우
오케이를 놓은 게 엊그제였나.

나는 그 전날 네이버의 기자가 보내준 엄마에 관한 파일을
보았다. 네이버캐스트에 올릴 거라면서 엄마의 사진을 보내달라
고 해서 몇 번 메일을 주고받았는데, 장석주 시인이 꽤 길게 써
놓은 글이 좋았다. 그 글에 『엄마의 말뚝 2』 이상문학상 수상
소감의 일부가 인용되어 있었다. 네이버의 기자에게 원문 전체
를 구할 수 없냐고 하니까 지금은 좀 바빠서 금세 구할 수는 없
는데 나중에 구해보겠다고 한다. 시간이 늦으면 벌써 전집의 인
쇄가 돌아가고 있을지 몰라 기다릴 시간이 없을 텐데 하면서 섬
광처럼 떠오른 생각이 『문학사상』이었다. 그리고 영인문학관이
떠오르는 게 아닌가. 전집의 모든 책에 초판본에 들어갔던 저자
의 서문이나 후기를 넣기로 했는데 『엄마의 말뚝』만이 서문이
없었다. 서문 대신으로 수상 소감이라도 실어야 하는데 왜 『문
학사상』을 생각하지 못한 것일까.

나는 오전 열시가 되기를 기다려 영인문학관에 전화를 걸었

다. 1981년도 어머니의 이상문학상 소감을 찾을 수 있냐고 하니까 직원이 친절하게도 금세 예 있어요, 한다. 마치 미리 찾아서 곁에다 두고 있는 것처럼. 나는 반가워서 허둥대며 스캔해서 보내줄 수 있냐고 하니까 곧 보내준다며 너무나 선선히 해준다고 한다. 곧 삼십 분도 안 되어 스캔한 파일이 들어오기 시작한다. 그런데 이럴 수가?

책을 복사한 것이 아니라 붉은 선이 그어진 옛날 원고지에 쓴 육필원고 열세 장이었다. 스캔한 거지만 삼십 년이 지난 원고지의 글씨가 잉크가 마르지 않은 듯 분명하고도 살아 있었다. 나는 놀랍고 기쁘면서도 섬뜩했다. 삼십 년이 지난 원고를 그대로 보관하고 있을 뿐 아니라 쉽게 찾은 것도 경이로운 일이었다. 그리고 아침에 꾼 꿈이 떠올랐다. 아직도 꿈에서 엄마를 부르다 깬 늙은 딸은 목이 쉬어 있는데.

소설의 거리(材料)로 삼아서는 안 되는 게 있다고는 생각하지 않았습니다. 오히려 평범한 일상 속에, 버림받은 쓰레기 속에, 외면당한 남루 속에, 감추어진 추악한 것 속에서 소설의 거리는 보석처럼 반짝거리고 있을 수도 있습니다. 그러나 그게 우연히 얻어지는 건 아닐 것입니다. 삶에 대한 꾸준한 통찰력, 따뜻한 연민, 때로 열정적인 애정에 의해서만 그것을 볼 수가 있고, 주워 올릴 수가 있습니다. 문제는 주워 올린 다음입니다. 어떤 거리를 소설로 만들기 위해선 주워 올릴 때와는 딴판으로 일단 뜨악하게 밀어내고 객관적으로 바라보아야 하고, 정이 앞서지 않는 냉혹한 마음으로 추리고 다듬고 지켜졌을 때만 비로소 명색이 소설이라 부를 만한 것이 만들어졌지 않았나 싶습니다.
—『엄마의 말뚝』 이상문학상 수상 소감 중에서

엄마는 돌아가셔서도 뭔가를 찾아내어주시는구나. 그리고 또 분명하고도 중요한 메시지를 전해주시는구나. 그동안 찾을 시간이 충분히 있었고 이렇게 마감에 쫓기지 않아도 되었건만 그때는 미처 머리가 돌아가지 않았다. 아주 간단한 일이었는데 생각이 나지 않았다. 하기야 사십 년 동안 나온 책의 초판본을 찾아내는 것도 간단한 일은 아니었으니…….

원고지에 쓴 엄마의 글씨를 보자 손이 떨렸다. 새벽에 꿈에서 본 하얗게 늙은 엄마의 모습이 겹쳐져 다시 눈물이 어렸다. 엄마는 늙은 딸이 절절매는 것이 안타까웠을까. 어떻게든 엄마의 책을 완벽하게 해내려는 딸의 노력을 거들고 싶으셨을까. 백발이 되고 꼬부랑 허리가 되어서도 뭔가를 열심히 찾으시는 엄마의 뒷모습은 슬프고도 아름다웠고 위엄에 차 있었다.

우선 출판사에 전화를 걸어 서문에 넣을 수상 소감을 발견했으니 지금이라도 넣을 수 있냐고 하니까 다행히『엄마의 말뚝』만 아직 인쇄 전이라 한다.『엄마의 말뚝』해설을 맡은 시카고 대학의 최경희 교수가 아직 원고를 보내오지 않았기 때문이라는 것이다. 끝내 들어오지 않으면 이전에 써놓은 평론을 그대로 실을 수밖에 없는데, 마감이 임박해지니까 새로 쓰는 것을 포기하고 예전 원고를 넣어도 좋다는 메일이 왔다고 한다. 편집부 직원도 어쩔 수 없다며 큰 한숨을 짓는다.

일주기 날짜는 다가오고 한쪽에서는 인쇄기가 돌아가고 있는데 약속한 원고를 보내주지 못한 최경희 선생의 심정은 어찌했을까? 어머니가 돌아가셨을 때 시카고에서까지 문상을 온 사람이 아닌가? 장례를 마치는 날 장지까지 와서 지켜보다가 돌아갔었다.

아무리 존경하고 사랑하는 분이라고 하지만 부모도 아닌데 그런 걸음을 할 수 있는 것은 예삿일이 아니다. 지난해 이맘때쯤 최교수가 시카고에 돌아가 보내준 메일을 보고서야 나는 엄마의 장례를 치르면서 느꼈던 기시감의 정체를 알 것 같았다.

박선생님께서 떠나시던 길은 밝은 햇살이 퍼지던 아름다운 흰 눈길이어서 마음이 조금 달래졌었는데, 제가 선생님께 작별인사하고 오던 시카고행은 대학 전체가 수업을 휴강할 만큼의 폭설의 길이었어요.
그런데 샌프란시스코 공항에 내리기는 하였지만 시카고행/발 비행기 천여 대가 취소되는 바람에 제 비행기도 취소되어, 어쩔 수 없이 시카고에 발도 디디지 못한 채 비행기 편이 가능할 때까지 서부에 머물러야 했었습니다. 시카고행 비행기를 드디어 타고 오헤어 공항에 닿기는 하였는데 세찬 눈바람에 비행기 문이 열리지를 않아 기내에 한참을 있었습니다.

공항에서 택시를 잡아타고 제가 사는 하이드파크 동네로 들어오려는데 눈길을 무서워한 기사가 동네 입구까지 와서는 들어가지를 않겠다고 버티어서 무릎까지 푹푹 빠지는 눈길에 가방을 낑낑대고 끌고 왔었지요.

『엄마의 말뚝 3』이 얼마나 생각이 나던지요. 눈길에 버스를 타고 어머님 운구를 모시고 산을 오르시던 박완서 선생님의 목소리가…….

그런데 제가 사랑하는 이 작품 끝 무렵의 배경, 눈 내린 산과 장지길과 묘지 앞 전경을, 현실의 삶에서 박완서 선생님의 가심과 겹쳐서 느껴야 하는 때가 오다니, 이러한 때가 오리라는 것은, 그때가 이리도 빨리 오리라는 것은 정말 꿈에도 생각지를 못하였습니다.

1991년에 쓰신 『엄마의 말뚝 3』에서 꼭 이십 년 뒤 엄마 자신의 장례를 예언하고 있는 듯한 구절에서 또 놀라고 만다. 외할머니의 장례 때에 눈이 쌓인 산길을 올라가는 버스가 미끄러질까봐 걱정과 수심에 차 있던 엄마의 표정이 엇갈린다.

십 년에 걸쳐서 쓴 『엄마의 말뚝』 연작은 엄마가 쓴 엄마의 기록인 동시에 자신의 운명의 예언이기도 해 놀랍기만 하다.

문상을 마치고 시카고로 돌아간 최경희 선생이 보내온 절절한 메일을 다시 꺼내본다. 그는 작가를 사랑하고 존경할 뿐만 아니라 정신적으로 지나치게 밀착되어 있어 오히려 글을 못 쓰고 있었을 것이다.

그날 내가 『엄마의 말뚝』 수상 소감 원고를 찾아내는 것과 거의 동시에 최경희 교수도 새 해설을 완성해서 보내왔다. 참으로 작은 기적 같은 일이었다.

드디어 『엄마의 말뚝』의 인쇄가 돌아가고 전집은 완성되었다. 일주기 추모미사와 기제사를 드리는 저녁, 어머니 영전에 전집이 헌정되었다. 경건하면서도 밝은, 슬프면서도 따뜻한 분위기는 돌아가신 분이 원하는 제사였다. 헌정된 전집은 어두워 보이거나 무거워 보이지도 않고 밝으면서도 통일성이 있고 단아한 디자인이었다. 한 권 한 권 사진과 빛깔을 달리해 변화를 주면서도 손에 쏙 잡히는 책이 만족스러웠다. 그날 밤 나는 새로 나온 책을 손에 잡는 오래된 행복감을 다시 맛보았다.

1월이 지나면서 폭설이 또 한차례 오고 마을은 잠시 눈에 폭 싸여버렸다. 나는 눈삽을 들고 나가 대문 앞에 쌓인 눈을 치우고 들어왔다. 한 시간도 안 되어 치운 만큼의 눈이 감쪽같이 쌓여 있다. 다시 나가서 또 한차례 눈을 치운다. 날이 어두워지자 눈을 치우는 부삽 소리도 그치고 마을은 눈 속에 갇힌 듯 조용하다. 집 안에는 엄마의 사진만 곳곳에 있을 뿐 조용하다. 엄마는 책 속으로 완전히 들어가버리신 것인가? 슬퍼할 새도 없이 엄마라는 고개를 오르고 또 올랐던 나의 지난 일 년이 엄마의 소설 제목처럼 기나긴 하루와 같았다. 이제야 가슴이 저려오는 듯한 슬픔과 또 하루를 어떻게 시작해야 하는 망막함이 순간 눈앞을 흐리게 한다.

엄마의 말

엄마의 마당에 비가 내린다. 며칠 전만 해도 잔디가 타들어가더니 넘칠 듯이 비가 퍼붓는다. 장맛비지만 6월의 푸르름을 더해주고 나무가 번들거리며 빛난다. 누렇게 익은 살구가 뚝뚝 떨어지기 시작한다. 자연은 참으로 정확하게 움직인다. 지난해 꼭 이맘때 과일 물을 뚝뚝 흘리시며 나무 밑에서 살구를 베어 물으셨지. 그 모습은 여든에 가까운 노인네라기보다는 철이 없는 계집애 같은 모습이었다. 엄마는 늘 그랬다. 몇백 살 먹은 늙은이로 보였다가 스무 살의 여자아이로 보이기도 했다. 나는 가끔 여든에 돌아가신 엄마가 요절한 작가처럼 생각될 때가 있다. 돌아가시기 직전까지 너무나 젊고 치열한 영혼으로 살아 계셨기 때문이다. 사진 속의 엄마는 나의 시선 앞에서 웃고 있다. 나이를 알 수 없는 웃음을 날린다. 어금니는 사십대에 이미 틀니였고 앞니만 진짜 치아였는데 그것조차 자꾸 삐드러져서 그 각도가 거의 45도는 되어 보였다.

나중에는 건들건들 흔들리기조차 했지만 앞니를 새로 하시지는 않은 채로 돌아가셨다. 치과의사한테 어떡하든 죽을 때까지 쓸 수 있게 해달라고 해서 임시변통으로 접착제를 붙여놓았다. 너무 많이 웃는 바람에 눈가에 주름이라는 주름은 다 총동원이 된 사진이다.

엄마는 나를 보고 웃는다. 이제는 무슨 행동을 해도 야단을 칠 수도 없는 늙은 딸은 엄마의 통제에서 벗어나 있다. 그러나 나는 살아 계실 때보다 더 고분고분한 딸이 되어 엄마의 목소리에 귀를 기울인다. 지난해 10월 엄마와 같이 떠나기로 한 여행이었다. 나는 혼자 여행을 떠나면서 약간의 해방감을 느꼈다. 겉으로는 엄마와 같이 가지 못하는 걸 섭섭해했지만 내심으로는 '이제 해방이야. 좀 즐겨야지. 바로 내가 꿈꾸던 여행이야. 엄마와 남편으로부터 자유로워지는 것'이라며 들떠 있었다. 그래도 문득 엄마 걱정이 되어 인천공항에 나와 떠난다고 전화를 했다. 엄마는 잘 다녀오라는 말 대신에 여행 다니면서 잘난 척하지 말라고 하신다. 늙은 딸이 모처럼 여행을 떠난다고 설레고 있는데 그 설렘에 찬물을 부으신다. 엄마는 늘 그랬다. 왜 그러셨을까? 엄마가 정말로 떠나가신 지금은 그 뜻을 곰곰이 생각한다. 엄마는 내가 잘한 일에 대해서도 나에게 칭찬을 해주시기보다 침묵으로, 사랑의 말을 표현해주시기보다 말을 아끼고 아꼈다. 물건도 아꼈지만 말을 가장 아끼셨다.

그런 엄마가 경고처럼 나에게 남기신 말이다. 엄마는 내가 잘난 척하거나 교만해서 생길 수 있는 위험을 경고해주신 거다. 나에게는 늘 그런 위험이 도사리고 있었다. 두 동생도 경기여고를 나왔지만 엄마는 육 년을 내리 경기여중고 다닌 나한테만 늘 경고를 주셨다. 엄마에게 기쁜 일도 많았고 영광스러운 일도 많았지만 첫째인 내가 경기여중을 합격한 날의 기쁨을 잊지 못한다. 어릴 때부터 동생들보다 썩 영특하지 못했던 나를 그 학교에 억지로라도 집어넣으면 동생들은 저절로 들어가리라는 믿음을 갖고 계셨다. 엄마는 충무로 뒷골목에서 일본문제집을 사다가 번역해서 산수문제를 풀게 했다. 유난히도 운동신경이 뒤처진 내가 체육 때문에 점수가 깎일까봐 어두운 저녁 골목에 나가 던지기 연습을 시켜주셨다. 엄마가 나에게 시킨 단련이 진정 사무치게 그리워진다. 많은 작품을 남기셨지만 말을 아꼈던 엄마가 그립다. 앞으로도 내가 잘난 척을 하는 현장에는 엄마가 분명히 따라다니며 내 입을 끌어내릴 것 같다.

엄마의 물건

엄마는 버리는 것을 좋아하셨다. 몸에 기운은 빠져 보이지만 얼굴은 맑고 개운한 표정으로 빛나 보일 때는 의례히 물건을 정리하고 잔뜩 버리고 난 뒤였다. 그리고 자랑을 하듯이 옷장이나 서랍을 열어 보이고 헐렁해서 좋지? 이제야 살 것 같구나 하시며 가벼운 기쁨의 탄성을 내셨다.

엄마는 보자기에 싼 옷이나 책을 너 좀 가져가라 하시며 주셨다. 그중에는 입으신 지 얼마 되지 않은 옷도 있었다. 그래도 주는 것도 미안하신지 네가 가려서 입든지 버리든지 마음대로 해라 하시며 아무 군소리 없이 가져가는 나를 고마워하시는 것 같았다. 나는 엄마의 마음이 헤아려졌다. 엄마가 물건을 버리고 난 후의 가뜬함이 느껴져 우리집으로 들고 왔고 우리집엔 엄마의 물건이 쌓이게 되었다. 그러나 엄마는 나 모르게도 물건을 많이 버리셨다. 요즘 사람들은 알지 못하지만 컴퓨터가 나오기 전 타이프라이터와 컴퓨터의 중간 단계인 르모라는 문서작성기가 있었는데 엄마는 1980년대 후반부터 그 기기로 글을 쓰셨다. 어느 날 그걸 보관해놓아야겠다고 생각했는데 벌써 고물 장수한테 주어버리신 후였다. 지금은 그냥 그 앞에서 찍은 사진만이 있을 뿐이다.

오래 살던 한옥에서 이사하여 아파트 생활을 하시기 시작할 때 나한테 일찍 건네주신 것이 손재봉틀이다. 이건 네가 간직하거라 하시며 주셨는데 나무로 만든 덮개는 낡아서 베니아 조각이 떨어졌지만 속은 말짱했다.

이번에 재봉틀을 옮기면서 그 무거움에 놀라고 말았다. 나무로 된 덮개 말고 본체만도 쇳덩어리처럼 무거웠다. JANOME라고 쓴 영어 글씨와 뱀 눈깔 모양의 상표디자인이 얼마나 분명했는지. 어릴 적부터 엄마는 그 글씨를 가리키며 뱀의 눈이라는 뜻이란다 하며 가르쳐주셨다. 재봉틀을 사이에 두고 엄마의 모습을 지켜보던 때가 아득한 전생의 일 같았는데 이번에 다시금 꺼내보고 그 견고함과 정교한 집중력이 느껴지는 상표와 검은색으로 빛나는 본체의 당당함에 놀라고 말았다. 엄마는 그 재봉틀로 딸들의 옷을 얼마나 많이 만들어주셨던가. 그 옷을 가봉하여 입히면서 보였던 자랑스러운 눈빛은 얼마나 사랑에 가득

차 있었던가. 나는 그 순간을 기억할 수 있는 것만으로도 충분하다고 느꼈다.

노리다케 도자기 그릇들은 엄마가 새색시 때에 아버지를 졸라서 사 오신 홈세트이다. 지금으로 말하면 명품브랜드라고 할까. 요즘 눈으로도 그 디자인이 미려하고 세련되어 감탄을 하곤 한다. 엄마는 그 그릇과 접시를 잘 사용하셨다. 특별히 좋은 날이나 손님을 초대할 때 그 타원형의 볼에다 중국요리나 샐러드를 담으면 어떤 화려한 테이블도 부럽지 않았다.

신혼초의 엄마가 이웃집 새댁이 가진 노리다케가 부러워 아빠를 졸랐다는 게 재미있다. 엄마가 한때는 귀여운 여자였다는 것이 미소를 번지게 한다.

아버지는 엄마가 원하는 것을 뭐든지 해주셨고 엄마를 최고로 만들고 싶어하셨다. 아직 전쟁도 끝나지 않은 1953년이었고 그 당시 고급 중국요릿집인 소공동 아서원에서 결혼식을 올리셨는데 그날을 영사기로 찍어 남겨놓으셨다. 그 당시 굉장한 사람이 아니면 할 수 없는 일이었다. 아버지가 부자는 아니었지만 엄마와의 결혼을 위해 전 재산을 쏟아부으신 것은 엄마의 글에서도 나오는 이야기다.

그 필름은 육십 년 가까이 간직하고만 있었는데 과연 재생

해서 볼 수 있을까 의심스러웠다. 어머니가 돌아가시고 〈MBC 스페셜〉 팀이 와서 추모특집 촬영을 끝낸 후 필름을 꺼내 보이면서 복원을 할 수 있는지 간곡히 부탁을 했다.

먼지를 떨어내니 케이스는 녹슬었지만 단단한 벨트로 묶인 푸른빛의 납작한 통 속에는 6mm 필름이 말려 있었고 그걸 본 방송팀은 경이로움에 손을 덜덜 떨 정도였다. 고맙게도 소중하게 가져가 복원해주었고 CD로 구운 엄마의 결혼식 영화를 볼 수 있었다. 무성영화이지만 자막이 있는 소중한 자료였다.

독일제 콘텟샤 카메라는 우리집의 소중한 물건이었고 늘 가족의 생활과 같이했다. 갈색의 가죽 케이스에 든 카메라는 납작해 보이지만 접혀 있던 것을 펴면 렌즈가 튀어나오면서 찰깍하는 소리가 경쾌하고도 견고했다.

그 사진기로 얼마나 많은 사진을 찍었던가. 우리집에 남아 있는 1950년대부터의 흑백사진은 모두 그 카메라로 찍은 거였다. 카메라가 흔하지 않았던 시대여서 이웃과 친척들의 사진도 많이 찍어주었다. 엄마의 첫 데뷔소설 시상식 사진과 새로운 기종의 카메라가 나온 1980년대 이전의 사진은 거의 그 카메라로 찍은 것이다. 1970년대 중반이었을까, 천연색 필름이 처음 나왔을 때 과연 어떨까 했는데 컬러사진으로 인화된 것을 보고 감탄했던 생각이 난다.

1970년대 후반 보문동 집에서 살 때는 늘 연재소설 마감에 시달리셨다. 동생이 보관하고 있는 원고지에 쓰인 엄마의 메모이다. 원고를 쓰다가 급히 외출하면서 딸에게 점심을 차리라고 부탁해 써놓은 수제비 레시피는 숨가쁘면서도 생생하게 전해진다. 마치 금세 수제비가 동동 떠올라올 것만 같다.

수제비 반죽을 해놓았으니 떠먹어라. 수제비 뜨는 법은 먼저 국이 팔팔 끓거든 손으로 얄팍얄팍 떠넣는데, 찬물을 한 공기 마련해놓고 손에 물을 묻혀가며 뜨면은 반죽이 손에 묻지 않는다. 다 뜨거든 국자로 한번 저어서 서로 붙지 않게 하고 뚜껑 덮어서 한번 끓여라. 곧 먹을 수 있다.

동생들이 고이 간직하고 있는 원고지에 쓴 글은 엄마의 숨결과 목소리가 전해진다.

다이아몬드나 값나가는 보석은 없었지만 엄마의 장신구는 하나하나 추억이 어린 물건들이다. 엄마와의 마지막 여행이 되고 말았지만 암스테르담 고흐미술관 앞에 있는 다이아몬드 숍을 구경하다가 다이아몬드 대신 튤립 모양의 은브로치를 두 개 사서 나누어 가졌다. 엄마는 그걸 즐겨 하고 다니셨다. 작고 귀여운 장신구를 하고 가벼운 발걸음으로 외출을 하던 엄마가 사무치게 그립다.

여름 더위를 못 견뎌하시길래 속옷가게에서 파는 인조견으로 된 블라우스를 사다드렸다. 내복 가격도 되지 않는 거였지만 엄마는 여름엔 인조가 몸에 붙지 않고 시원하다며 마음에 들어 하시곤 즐겨 입으셨다. 마침 그날 신문 인터뷰가 있었고 그 옷을 그대로 입고 사진을 찍으셨다. 쾌활하면서도 수줍게 웃으시며 푸른색의 인조견을 입은 엄마에게는 어디에도 구애됨이 없는 자유로움과 호방함이 보였다.

외할머니의 마고자는 엄마가 돌아가신 뒤 장롱 깊숙이에서 발견했다. 책상 서랍 안에는 엄마가 직접 스크랩해놓은 잡지의 글도 있었다. 그 쑥색 양단 마고자는 놀랍도록 할머니를 느끼게 했다. 나란히 달린 사각 모양의 금단추 두 개는 할머니가 엄마에게 유일하게 물려준 유품이지만 황금 이상의 것을 보여준다. 사그라지지 않는 정신력과 섬광과도 같은 예지력과 녹슬지 않는 권위가 보이는 것은 나만의 느낌일까.

엄마의 삼층장 서랍 깊숙이에 할머니의 오래된 공책이 있었다. 조상들의 기제사 날짜를 기입해놓고 손자들에게 공부를 가르쳤던 할머니의 공책은 엄마가 버리지 않아 살아남은 물건들이다. 엄마가 간직한 물건에는 엄마가 물려주고 싶은 정신이 흐르고 있는 것 같다.

엄마의 발

나는 엄마의 맨발을 본 적이 없었다. 항상 양말을 신으셨고, 종아리가 드러나지 않는 긴치마나 바지를 입으셨고, 불투명한 스타킹을 신으셨다. 엄마는 딸들과 함께 공중목욕탕에 간 적이 없었다. 어렸을 때 엄마가 돌아앉아 버선을 신으실 때 엿보았던 엄마의 발에는 흉터처럼 빨간 상처가 있었다. 어릴 적에는 혼자 상상을 했었다.

6·25 전쟁통에 폭격을 맞아 화상을 입으신 건가봐. 그런데 나는 한 번도 그걸 물어보지 않았다. 엄마의 상처를 들추어내는 것 같아서. 엄마가 보여주고 싶어하지 않는 부분을 캐물어보고 싶지 않았다. 그토록 전쟁 이야기를 많이 쓰셨건만 엄마의 작품 어디에도 폭격을 맞아 발에 흉터가 생겼다는 내용이 없었다. 나

에게 엄마의 발은 늘 가슴 아픈 의문표였다.

지난해 5월 어느 날이었다. 유난히 하늘이 아름다워 친구들과 멋진 나들이를 갔다오는 길이었다. 좀처럼 먼저 전화를 하지 않으시는 엄마의 전화였다.

"나 다리를 다친 것 같아. 계단에서 굴렀는데 괜찮은 줄 알고 병률이랑 점심도 먹으러 갔었어. 그런데 아무래도 부러진 것 같아" 하며 울먹이셨다.

나는 다리가 부러진 것에 놀란 것이 아니라 엄마의 울먹이는 목소리에 가슴이 덜컹 내려앉는다. 엄마는 웬만한 일에 놀라지 않고 이 세상 누구보다 엄살과 호들갑을 싫어하는 분이시기에……. 어쩌면 그런 성격 때문에 항상 차갑게 느껴졌고 엄마 앞에서는 긴장감을 가져야 했는데……. 나는 그날 엄마의 공고한 성이 무너지는 소리를 들었다.

입은 옷 그대로 차를 몰고 아천동으로 갔다. 이미 한쪽 발은 많이 부어 있었고 부은 발 때문에 실내용 슬리퍼를 신겨드리고 집을 나선다.

차 안에서 가만히 있으려다가 말이 저절로 나왔다. "아무튼 지나친 스케줄에 너무 피곤하셨어. 균형이 다 깨진 거예요. 노인네를 너무들 부려먹는다니까."

딸의 핀잔에 어머니는 잘못을 저지른 아이처럼 "이제 다시는 안 그럴게. 바지런 그만 떨고 약속도 안 할게."

일주일에 강연 약속이 세 번이나 잡힌 적도 있어서 그걸 다 해내시긴 해도 늘 걱정스러웠다. 항상 당당하셨던 엄마가 딸의 꾸중을 순순히 들으신다.

응급실 안은 전쟁터의 야전병원처럼 바닥에 누운 환자의 신음 소리와 의사들의 바쁜 걸음으로 혼란스럽다. 어머니는 발목 삐끗한 것쯤으로 응급실에 온 게 미안한 눈치셔서 그저 머리를 조아리신다.

곧 엑스레이를 찍고 조치를 취하는데 뼈가 부러진 것은 아니었지만 정강이까지 완전 깁스를 하고 발가락만 남겨놓았다.

어쩔 수 없이 넓적다리까지 보일 수밖에 없었다. 그날 다친 것과는 상관없이 발의 붉은 점이 태생적이라는 걸 처음으로 듣는다. 의사들도 놀라 엉덩이까지 퍼져 있는 붉은 반점을 쳐다본다. 좁은 응급실 침대에서 어린애처럼 손수건으로 눈물을 닦으시는 노작가 우리 엄마. 딸에게도 보여주지 않던 붉은 점이 있는 다리를 드러내는 것이 싫으시겠지만 어쩔 수 없다. 내 힘으로 되지 않는, 모든 것을 맡겨야만 하는 순간이 온 것이다. 완벽하고 결점을 드러내기 싫어하고 항상 뒷정리를 깔끔하게 하지 않으면 못 배기셨던 엄마였지만.

그런데 나는 그 순간 엄마가 진정으로 고맙고 무조건 잘해드리고 싶어졌다.

손과 발을 아끼지 않았고 이십대의 젊은 정신력을 가진 어머니에게 이제 좀 쉬라는 신호가 온 것이다. 나는 오히려 그게 안심이 되었다. 여든의 나이에 이십대의 정신력을 갖고 사십대의 몸을 갖고 있는 것보다 평균치의 나약한 노인이 된 것이 마음이 놓였다. 완벽하고 강한 것보다 약하고 불완전한 모습을 보일 때가 훨씬 인간적이어서 그럴까. 부끄러울 것도 창피해할 것도 없는 엄마의 붉은 점을 보면 그래도 마음이 저려왔다.

어머니는 몇 주 후 깁스를 풀었고 딸의 잔소리를 듣기는 했지만 여전히 약속을 잡으셨고(아니 약속이 잡혔고) 엄마의 일상이 지속되었다. 지하철 계단을 착착 내려가지는 못하셨지만.

지난 10월 스플리트라는 크로아티아의 오래된 도시에서였다. 나는 그 도시의 내력을 열심히 설명하는 가이드의 말을 건성으로 듣고 있었다. 감탄을 하고 집중을 하고 싶었지만 어딘가 딴 데 정신 팔린 아이처럼 아드리아 해를 멍청히 바라보고 있었다. 그리고 그 축축하고 오래된 도시 속으로 걸어들어갔다. 엄마와 같이 오기로 한 여행이었지만 "나라도 집을 지켜야지" 하시며 선뜻 나서지 못하셨고 나 혼자 가게 된 여행이었다. 작고 아름다운 가게들이 있는 미로와 같은 도시의 양말가게로 들어갔다. 엄마의 양말을 사기 위해서. 폭신하고 귀엽고 따뜻한 양말을 고르고 있었다. 엄마의 발을 감싸줄 양말. 엄마의 들추어내고 싶지 않은 상처를 안아줄 것 같은 귀여운 양말을 고르고 있었다.

그 여행의 일상을 깨뜨린 것은 동생에게 온 전화였다. 문자메시지라면 모르지만 왜 전화를 한 것일까? 방금 전에 엄마의 병원진료를 마치고 백화점에 간다는 메시지를 받고 답장도 안 했는데……. 건강검진 결과 담낭에 암이 생기셨고 예후가 아주 좋지 않을 것이고 곧 수술을 해야 할 거라는 전갈이었다. 양말가게 앞에서 하늘이 부옇게 노래진다. 남동생이 죽었다는 소식을 듣던 날 그 노래지던 하늘, 크로아티아의 하늘도 노래지는구나.

잠시 후 다시 동생들의 메시지가 작은 휴대폰 화면에 떠오른다.

급하면 오라고 연락할게. 언니는 여행을 계속하고 체력을 보완해둬. 아주 힘든 일이 남아 있을 수 있으니까. 빨리 돌아올 생각하지 말고 여행을 즐기면서 몸을 단련해 기운을 비축해둬.

마치 전쟁이 시작될지도 모르니까 식량을 비축해두라는 말로 들린다.

바로 수술하기로 한 엄마의 일정은 연기가 되어 내가 여행을 다 마치고 간 다음날로 미루어진다. 평소 복용하던 아스피린 때문이었다. 혈액을 녹이는 역할을 하는 아스피린의 기운을 빼야

어머니가 겨울마다 집에서 신으시던 실내화이다.
여행지에서 사 오신 건데 어디인 줄은 잘 모르겠다.
몽골 아니면 네팔일까?

수술을 할 수 있단다. 아스피린 때문에 시간을 벌게 되고 나는 여행을 지속할 수 있게 되었다.

나는 인천공항에 도착하자마자 바로 수술을 앞두고 있는 어머니에게로 갔다. 엄마는 담담했고 얼굴은 해맑았다. 남들도 다 하는 수술이 뭐 그리 대수냐는 듯이. "암 걸린 게 무슨 죄냐?" 하시면서 지인들에게 쉬쉬하는 것도 싫어하셨다. 물론 널리 알리는 것도 싫어하셨지만.

다섯 시간 넘게 걸린 수술로 담낭은 물론 간의 많은 부분도 떼어내게 되었다고 했다. 온갖 호스를 붙인 엄마는 나를 보시더니 내 손바닥 위에 "몇시니?"라고 적으셨다. 엄마에게는 항상 시간이 중요했다. 중환자실 침대 위에서도 명료한 사실과 시간의 축, 그 긴장감을 놓치지 않으셨다.

우리 자매들은 엄마 투병중에 엄마와 많은 시간을 보내며 행복해했다. 엄마가 작가이기 이전에 온전히 우리 엄마이기만 하였듯이 병상에서 드디어 엄마는 우리 차지가 되었다. 부은 발을 씻겨드리고 피가 돌도록 문질러드렸던 그 시간은 엄마에 대한 경배의 시간이었다.

엄마는 끝까지 최선을 다해 투병하시다 눈발이 날리는 새벽 우리 곁을 떠나셨다.

떠나시기 이틀 전 엄마가 쓴 일기를 나는 매일 꺼내본다.

병원 가는 날, 퇴원 후 첫 바깥나들이라 며칠 전부터 걱정이 되었는데 잘 다녀왔다. 원숙 원순이 같이 가서 혈액검사 엑스레이 사진 등 걱정했던 것보다 쉽게 하고 나는 자신이 좀 생겼다. 집에 와서도 많이 앉아 있었다. 일기도 메모 수준이지만 쓰기로 했다. 위밍업이다.

살아나서 고맙다. 그동안 병고로 하루하루가 힘들었지만 죽었으면 못 볼 좋은 일은 얼마나 많았나. 매사에 감사. 점심은 생선초밥으로 혼자 맛있게.

마지막까지 일상의 순간을 소중히 여기고 기록했던 엄마는 우리 곁을 떠나셨다.

혼자 가볍게.

엄마의 손

    어머니의 방에는 어머니의 손을 찍은 사진이 걸려 있다. 사진에는 두 손을 모으고 편안하게 늘어뜨리고 있지만 어머니의 손이 잠시도 쉬고 있는 걸 본 적이 없다. 그리고 손을 곱게 단장한 것을 본 적이 없다. 외출을 하려고 준비하실 때는 얼굴 화장이 문제가 아니라 손톱 밑의 때를 벗겨내는 게 항상 문제였다. 여러 번 씻는다고 쉽게 벗겨지는 게 아니라서 하다가 안 되면 그냥 나가시는 걸 여러 번 보았다. 마당에 나가서 흙일을 할 때 손을 아끼지 않았고 실장갑을 끼어도 미세한 흙먼지가 손톱 밑에 끼곤 했다. 그래서 점잖은 자리에 같이 갔을 때도 엄마의 손톱을 보면 까맣게 때가 끼어 있을 때가 있었다. 손톱에 골이 잡히고 갈라져 깎기도 전에 부러져버리곤 하였다.

그런 어머니의 손이 호사를 한 적이 있다. 우리 아이의 결혼식 전날이었다. 친척 조카아이가 어머니의 손톱을 정리해주러 집에 왔었다. 그때 어머니와 나는 나란히 앉아 손톱 하나하나에 크림을 바르고 손거스러미를 잘라내고 매니큐어를 바르는 호사를 했었다. 그동안 노동만 하였던 손을 위로해주는 듯 부드러운 손길로 마사지를 해주고 향기 좋은 화장수를 발라주었다. "시어머니 시할머니 되니까 이렇게 호사를 하고 좋기도 하구나" 하시면서 어찌나 흡족해하시던지 앞으로는 자주 그렇게 핸드케어를 하자고 하셨다. 그러나 한 번도 다시 손톱 손질을 하지 못하고 말았다.

어릴 적 엄마의 손에는 항상 뜨개질 거리가 들려 있었다. 가을이 깊어가는 오후 어머니의 뜨개질하는 무릎 곁에 있는 것만으로 우리는 얼마나 따뜻하고 행복하였던가. 그 당시 엄마들이 뜨개질을 하는 것은 그리 특별한 일이 아니었으나 스웨터의 주머니 하나에도 독특한 수를 놓아주거나 헌 실을 재생해서 색깔을 조화시켜 남다르게 완성해주셨다. 어머니는 그때 글을 쓰시지는 않았지만 무언가 창작을 하고 있었다. 저녁을 준비하러 부엌으로 가기 전 뜨개질 거리를 들고 있거나 아니면 『현대문학』이나 『사상계』 같은 잡지를 보면서 비스듬히 누워 계신 젊은 엄마는 참 아름다웠다. 그건 모두 어머니가 글을 쓰기 이전의 일이다. 그저 평범한 엄마였을 때.

한때는 편물기계가 들어온 적도 있었다. 일본제 브라더 편물기계로 얼마나 많은 옷을 짰는지. 딸들의 스웨터는 말할 것도 없고 아버지와 할머니의 내복까지 짜주셨으니……. 아버지는 엄마가 505 털실로 짠 털내복을 겨우내 입으시다 봄이 되어서야 벗으셨다. 편물기계가 움직이던 드륵드륵 기계음조차 그리워진다. 게다가 여름에는 재봉틀을 꺼내놓고 얼마나 많은 옷을 만들어내셨던가. 많은 돈을 들이지 않고도 딸들에게 개성 있는 옷을 입히려는 마음이었다. 일본 패션잡지를 갖다놓고 옷본을 그리시던 엄마. 분명 있었던 일이건만 믿어지지 않는다.

어머니가 좋아하시는 빨간 루비반지가 있었다. 아주 오래전 혼인하기도 전에 아버지가 선물한 것인데 홍콩에서 밀수로 들어온 것이라고 했다. 세월이 흘러도 디자인이나 빛깔이 선명하고 아름다워 가족 모두 아끼고 좋아했었다. 거친 손이라도 그 반지를 끼면 예사롭지 않으면서 고풍스러운 품격이 보였었다.

만두소를 양념하거나 밀가루 반죽을 하면서 반지가 빠져 달아나는 때가 있었다. 나중에 빠진 걸 알고 반죽 속에서 그 빨간 반지를 찾아 끼시면서 어린애처럼 기뻐하시던 모습이 눈에 선하다. 그런데 서너 해 전 그 반지를 정말 잃어버리고 말았다. 나이가 드시면서 살이 빠지니까 손가락이 가늘어지고 반지가 헐거워졌을 터인데 아마 쓰레기를 정리하시다가 잃어버리신 것 같다. 물건에 대한 욕심도 집착도 없으셨지만 그 반지를 잃어버린 걸 어찌나 서운해하시던지 딸들은 비슷한 걸로 꼭 맞추어드리고 싶었는데 그 소망을 이루지 못하고 말았다. 한번은 백화점의 보석상에서 비슷한 빛깔의 루비반지를 보고 값을 물어보았더니 수천만 원을 호가해서 놀란 적이 있었다. 값도 값이지만 엄마의 반지는 화려하지 않으면서도 은근한 빛이 났었고 돈으로는 살 수 없는 사랑의 상징이었다.

엄마의 손으로 쓴 그 많은 원고들. 내가 할 수 있는 일은 그저 그 원고를 안전하게 출판사나 신문사로 배달하는 일이었다. 팩스도 택배도 퀵서비스도 이메일도 없던 시절의 배달법은 그저 인편이었다. 물론 우편으로 보낼 수도 있지만 늘 원고 마감일에 임박해서 쓸 수밖에 없었고 원고를 혹시 잃어버릴지도 모르는 불안감 때문에 고등학생이었던 딸을 시켰다. 나는 그 일에 자부심을 느꼈다. 광화문 근처에 있었던 신문사는 말할 것도 없고 시내의 골목골목에 자리잡은 잡지사나 출판사에 원고를 날랐다. 나는 그 원고를 미리 볼 수도 있었지만 출판이 되고 나서야 읽었다. 그게 충실한 배달꾼의 자세이고 어머니 글에 대한 예의라고 생각했다.

그때는 참 순수하게 행복했고 엄마가 자랑스러웠다. 글쓰는 어머니를 위해 배달꾼이라도 할 수 있어서 으쓱하기도 했다.

지금 엄마의 손을 그리워하며 글을 쓰고 있지만 엄마의 손을 잡아보고 어루만져본 것은 참으로 최근의 일이다. 어머니가 편찮아지시고 온몸이 약해지고 나서 엄마의 손을 잡아드리고 어루만질 수 있었다. 그제서야 엄마는 딸들에게 손을 먼저 내밀며 온몸을 맡기셨다. 마지막 몇 달간의 투병 기간이 없었다면 우리 자매들은 더욱 서러웠으리. 엄마의 손을 닦아드리고 손을 잡고 기도문을 외고 국을 떠먹여드렸던 그 추억이 없었다면 만인이 사랑하는 작가가 되었을지 몰라도 선뜻 엄마를 껴안지 못했을 것이다. 그 시간을 주신 것이 정말 감사하다.

지난 십 년 동안 거의 매일 써놓으신 일기는 한 자 한 자 엄마 손의 힘이 느껴진다. 하루하루 일상을 소중히 여기라는 경종 같기도 하고 따뜻한 사랑의 손길 같기도 하다.

엄마의 나목

엄마의 마당에 눈이 온다. 살구나무와 백일홍이 잔가지가 쳐내진 채 앙상한 나목으로 서 있다. 일 년 전만 해도 사시장철 엄마의 손길과 눈길이 닿았던 나무들이 모두 벌거벗은 채 서 있다. 눈발이 흩날려도 아무런 움직임이 없다.

『나목』은 엄마의 첫 작품의 제목이라서일까, 보통명사가 아니라 고유명사로 되어버린 것 같다. 박완서만이 '나목'이란 단어를 독차지해서 쓸 수 있는 특권을 받은 것처럼. 나에게는 더욱더 그렇다. 한자로 씌어진 '裸'자만 보아도 곧장 나목으로 연결되고, 이내 몇몇 장면으로 겹쳐지곤 한다.

엄마가 작가로 세상에 나오기 전의 모습을 가장 뚜렷하게 기억하고 있는 나는 그것을 기록할 책임을 느끼지 않을 수 없다.

솔직히 말해 책임이라기보다는 내 의식 속을 지배하며 맴도는 것을 쓸 수밖에 없는 처지이다. 운명이라고 말하기엔 거창해서 그냥 입장이나 처지라는 말로 해두고 싶다.

엄마가 글을 쓰기 훨씬 전 우리는 충신동에 살았는데, 낙산 아랫동네의 좁은 골목 작은 한옥에서 엄마는 딸 넷을 줄줄이 낳으셨다. 연년생 동생이 태어날 때야 기억을 못하지만, 셋째, 넷째가 태어난 것은 분명히 기억한다. 산통이 오기 시작하고 산파가 오고, 집 안이 온통 뜨거운 기운으로 가득한 순간들이 떠오른다.

엄마 가슴에 늘 젖먹이가 있었던 그때, 엄마가 외출을 하는 것은 동대문시장에 잠깐 장을 보러 갈 때뿐이었고, 그나마도 할머니의 눈치를 보아야 했다. 겨우 한 달에 한 번쯤 어렵사리 허락을 받아 친정 나들이를 할 때는 제대로 걸을 수 있는 나를 데리고 갔다. 버스에 올라탄 엄마는 무언가 골똘히 생각하는 표정으로 바깥을 하염없이 내다본다. 나는 무슨 생각에 빠져버린 듯한 엄마의 표정이 낯설고 두려웠다. 어느 순간 갑자기 엄마가 나를 놔두고 먼저 버스에서 내려 어디론가 훌쩍 달아나버릴 것 같았다. 그건 거의 공포심에 가까웠는데, 집에서는 좀처럼 볼 수 없는 엄마의 모습을 엿본 것이다. 나의 상상은 망상이 되고, 결국 버스 문 앞쪽으로 슬쩍 가서 문을 막듯이 서고야 만다. 엄마가 눈치채지 못하도록. 엄마가 다른 세계로 달아나버릴 것 같은 예감이었는데, 그건 참 당치도 않은 일이었다.

엄마는 항상 집안일에 충실했고, 부드러운 미소를 짓고 있었고, 딸들 하나하나를 아끼고 잘 교육시켜주었다. 찬바람이 불면 스웨터를 짜는 뜨개질 거리가 늘 무릎 위에 있었다. 그런 엄마가 어디로 달아난단 말인가. 우리집은 작은 낙원이었다.

엄마가 작가로 나오게 된 것은 『여성동아』 여류 장편소설 공모를 통해서였고, 오십만 원의 상금을 받았다. 부자라고 할 수 없지만 먹고사는 데는 부족함이 없었는데, 그 당시 아버지가 공장을 시작하고부터는 생활이 쪼들리는 걸 느낄 수 있었다. 그때 고등학교 2학년이던 나는 국립대학교가 아니면 대학에 갈 형편이 아니라는 걸 알 정도로 철이 들었고, 그래서 공부하는 것이 절박했다. 엄마는 다섯 아이를 먹이고 교육시켜야 될 뿐 아니라 할머니와 같이 사는 것만으로도 버거웠는데, 아버지의 일을 돕는 것까지 덧붙여졌다. 나는 가끔 엄마가 데뷔 당시 막내까지 초등학교에 들어가 한가해지고 난 뒤 글을 쓰게 되었다고 하실 때마다, 젖먹이만 없었다 뿐이지 과연 그때 한가할 틈이 있었을까 갸우뚱하게 된다.

그러나 엄마가 글을 쓰게 된 것은 비밀스런 일이 아니었다. 그 전해이던가, 엄마가 아버지의 저녁상을 차리면서 하신 말씀이 기억난다. "언젠가는 박수근 이야기를 쓸 거야. 피엑스에서 미군들 초상화 그리던 이야기를 쓸 거란다. 아버지와도 피엑스에서 잘 알던 분이었단다."

그건 결심 같기도 하고 예고 같기도 했다. '마치 다음에는 시험 잘 볼 거야' 하는 아이들의 일상적인 다짐과 같이 자연스러운 것이었고, 식구들은 엄마가 언젠가는 글을 쓰리라는 걸 믿고 있었다.

1970년 늦여름 어느 날 『여성동아』 기자가 들이닥쳤을 때 나는 우연히도 집에 있었고, 그 현장을 고스란히 보았다. 그 이전에 우리집으로 친척이나 우리들 친구 외에 외부 사람이 오는 것은 있을 수 없는 일이었는데, 낯선 사람들이 들이닥친 것만으로도 정말 대단한 사건이었다.

나중에 안 일이지만, 미리 연락도 하지 않고 온 것은 과연 글을 쓴 본인이 맞는지, 여자가 맞는지를 확인하러 온 것이었다. 여성을 대상으로 한 공모에 남자가 여자의 이름으로 내놓을 수 있기 때문이었는데 실제로 그런 일이 있어 당선이 취소된 적도 있는 모양이었다.

엄마는 평범한 가정주부였지만 당당하게 당선 소식을 듣고 흥분하거나 지나치게 기쁨을 표시하지도 않았으며 그저 담담했다. 그 담담함은, 여자끼리의 경쟁에서 뽑힌 것은 그리 놀랄 일이 아니라는, 당연히 올 것이 왔다는 오만함 같은 것이었다.

책이 나오기 전 시상식이 있었다. 광화문 동아일보사 사장실에서였다. 나는 그날 담임선생님께 외출허가증을 받으러 교무실에 갔다. 김해 출신의 선생님은 눈을 크게 부릅뜨며 "아니 뭐라?" 왜 그런 경사를 미리 말하지 않았느냐고 나무라면서 그냥 조퇴를 하라며 선뜻 보내주었다. 나는 광화문으로 달려가 시상식이 끝난 후 카메라로 사진을 찍었다.

그동안 살림만 하던 엄마에 대한 고마움과 믿음이었을까. 아버지는 정말 기뻐해주셨다. 엄마의 동창 계모임 친구들이 한복을 입고 와 축하해주었고 할머니 네 분이 오셨다. 할머니와 외할머니, 충신동에서 옆집에 사시던 아버지의 외숙모, 그리고 이웃집 할머니였다. 특별한 나들이를 한 할머니들은 졸업식에서 우등상 탄 자식을 보는 것 같은 기쁨으로 그저 싱글싱글 웃음을 띠었는데, 외할머니만이 근엄하고 심각한 표정을 짓고 있었다. 딸의 운명이 바뀌는 순간이라고 생각하셨을까, 줄줄이 서 있는 할머니들 사이에 껴 있는 것이 자존심이 상하셨을까. 그 할머니들이 살아온 이야기는 엄마의 소설 속에서 무궁무진하고 훌륭한 자원이 되었다.

그 얼마 뒤 엄마의 첫 책이 나온 날을 잊을 수 없다. 여성지의 부록으로 딸려 나온 이단 세로쓰기의 단행본이었다. 손에 쏙 들어올 듯 작았고 갱지로 된 것이었지만 그 느낌은 굉장했고, 그 당시 감각으로는 결코 초라하지 않았다. 잠시라도 책을 손에서 놓을 수 없을 정도로 빨려들어가면서도 서먹서먹한 이물감은 차가움으로 다가왔다. 어느덧 저녁이 되었지만 밥을 먹을 수 없는 감정 상태가 되었다. 한창 감수성이 예민한 나이였기 때문만은 아니었다.

엄마의 상처가 내 아픔으로 전해져왔다. 어릴 적부터 표현할 수 없이 두려워했던 엄마의 골똘함이 다만 망상이 아니라 현실로 다가와 있었다. 나는 그때 엄마의 첫 소설을 읽으며 얼마나 진저리를 쳤는지 모른다. 엄마는 이제 다정한 웃음을 지으며 꽃모종을 심던 엄마가 아니었다. 우리들 옷을 손수 지어 입히며 기뻐하고 대견해하던 그런 엄마가 아니었다. 나는 쫓겨나지 않았으면서도 쫓겨난 아이가 되어 있었고 갑자기 엄마 젖을 뗀 아이가 되어 있었다. 작은 낙원에서 쫓겨나 다시는 돌아갈 수 없을 듯한 상실감은 성장통 같은 것이었을까.

아무리 소설이라지만 "그녀들이 날렵한 솜씨로 비틀어 올린 립스틱의 빤들한 대가리의 빛깔들이 제각기 조금씩 다르다는 것까지도 식별해낼 수가 있었다" 같은 구절에 이르러서는 왜 그렇게 가슴이 찔리듯 저려오는 것일까. 미군과 호텔방에서 만나는 장면에서는 수치심에 떨었고, 소리를 지르며 나오는 장면에서는 안도의 숨을 내쉬었지만 답답하고 허전하여 울고 싶었다. 폭격으로 파괴된 집도 죽은 두 오빠도 모두 허구란 것을 알고 있었지만 그 안에 더 큰 상처가 숨어 있는 듯했고, 부연 회색으로 어머니를 묘사한 부분에서는 먹먹한 슬픔과 통증을 느꼈다. 미군들 입에서 '갓댐 양구'라는 말이 나올 때는 작가가 된 엄마가 자랑스러웠다. 전쟁중 피엑스의 분위기와 그들의 목소리, 거기 묻어 나오는 전진(戰塵)의 냄새까지도 생생하게 묘사하고 있었다. 도스토옙스키의 소설을 나에게 읽게 해주고 그 감동을 전해준 엄마가 드디어 해냈다고 생각했다.

나에게 엄마의 첫 소설을 읽은 밤은 마치 혁명 전야 같았고 태풍 전날 밤과 같았다. 그러나 엄마의 생활은 변화의 예감처럼 크게 달라지지는 않았다. 그후 사십 년 동안 수많은 글을 쓰셨고 가족사의 우여곡절이 있었지만, 엄마는 비슷한 호흡과 자세로 살아가셨다. 그건 엄마가 마지막 작품을 쓸 때까지 처음『나목』을 쓸 때와 같은 영혼을 갖고 있었기 때문일까. 그런 걸 줄곧 지켜본 나는 그 모든 것이 놀랍기만 하다.

『나목』의 여러 판본들을 정리하다가 발견한 글이다.

요새도 나는 글이 도무지 안 써져서 절망스러울 때라든가 글 쓰는 일에 넌더리가 날 때는『나목』을 펴보는 버릇이 있다. 아무데나 펴 들고 몇 장 읽어내려가는 사이에 얄팍한 명예욕, 습관화된 매명(買名)으로 추하게 굳은 마음이 문득 정화되고 부드러워져서 문학에의 때묻지 않은 동경을 돌이킨 것처럼 느낄 수 있으니 내 어찌 이 작품을 편애 안 하랴.

— 1985년판『나목』작가의 말 중에서

돌아가시는 순간까지 문학을 향한 동경이 첫 작품을 쓰기 전과 같았던 엄마. 한겨울 벌거벗은 나무라고 해도 좋고 봄을 기다리는 봉숭아 씨앗이라도 좋다고 생각했던 엄마의 자유가 그립다.

눈이 쌓여 더욱 조용한 빈 마당을 쳐다본다. 눈발이 흩날리던 날 새벽, 아무 말씀도 남기지 않고 훌쩍 떠난 뜻은 무엇일까. 그 해답이 어딘가에 숨어 있을 것 같아 『나목』을 다시 열어본다. 이내 엄마가 글을 쓰기 전의 기억이 겹쳐져 눈시울이 젖어온다. 봉인된 시간의 상자가 열리기 전, 오롯이 보존된 작은 낙원에는 엄마가 늘 살아 있기 때문이다.

따뜻함이 깃들기를

벌써 이십 년이 지난 이야기다. 웅진출판사에서 문학앨범이 나오게 되는데 연대기는 나에게 쓰라고 어머니는 간단히 말씀하셨다. 나도 어머니에 관한 이야기를 쓰고 싶었다. 어릴 적부터 어머니를 관찰하고 생각하고 사랑하는 마음이 쌓여서 글이 될 것 같았다. 그러나 쓰고 싶은 마음과 실제로 써지는 것과는 얼마나 큰 차이가 있는가. 나는 정말 까마득했다. 부산에서 아이 둘과 씨름하며 문학적인 세계와는 멀리 떨어져 살고 있었던 시절이었다. 책이라고는 서울의 친정집에 다녀올 때 철 지난 문예지 몇 권을 챙겨와서 읽는 정도였고 점점 엄마의 생활과도 멀어져가고 있어 아득하기만 했다. 그런데 나는 어머니 말이라면 거절을 못한다. 그 말씀이 쉽게 나온 것이 아니라는 것을 알기 때문이다. 간단한 명령 한마디지만 오래 생각하고 미래까지도 예견한 말이란 걸 알기 때문이다. 거기에는 딸인 내가 할 수 있다는 기대가 포함되어 있기에 오히려 감사해야 했다. 그러나 속으로는 엄마 딸이라고 엄마같이 글을 쓸 수 있는 줄 아세요? 아시잖아요. 잡지사 있을 때 얼마나 죽을 쑤었다는 걸. 속으로는 그런 말이 맴돌았지만 어머니 앞에서는 한마디도 못한다. 어머니의 말 속에는 나의 나태와 살림 구덩이 속에서 나와 워밍업을 해야 한다는 경고가 숨어 있다는 걸 안다.

나는 여러 달이 걸려 어머니의 연대기 〈행복한 예술가의 초상〉을 겨우겨우 써내었다. 몇몇 소중한 자료가 있었다. 외할머니가 나에게 보낸 친필 편지가 있었다. 나는 거기다 무슨 주술을 걸듯이 그 편지를 자주 꺼내 읽으며 만지작거렸다. 글을 시작하기 전 오스카 와일드의 소설 『도리언 그레이의 초상』의 아름다운 구절은 꼭 인용하고 싶었다.

예술가란 아름다운 것들을 창조하는 자다. 예술을 나타내고 예술가를 감추는 것이 예술의 목적이다.

아주 오래전 어머니가 글을 쓰기 전 그 빛바랜 책을 들고 있으면 정말 빛이 난다고 느꼈었다. 어린 마음에도 언젠가는 어머니가 아름다움을 창조할 날이 올 거라고 믿었고 그 믿음은 이루어졌다. 무엇보다 어머니에 관한 글을 쓰면서 행복한 예술가라는 제목을 붙인 것은 어머니에 대한 최상의 찬사라고 생각했다. 가장 중요하고 생생한 자료는 어머니의 작품 그 자체였다. 그건 그대로 엄마의 역사였고 우리 시대의 역사였다. 1988년에 닥쳐온 불행이었던 아버지와 동생의 죽음을 쓸 때에는 스스로 눈물을 쏟아내고 말았지만……

1998년 어머니는 이십 년 가까이 살았던 아파트 생활을 접고 구리시 아치울에 집을 지으시게 되었다. 어머니의 꿈이었던 마당이 있는 집이었다. 집 앞으로는 아차산으로부터 작은 냇물이 흘러내려왔고 나지막한 밤나무 숲이 보였다. 반 고흐의 그림에 나오는 것 같은 스패니시 옐로의 외벽을 한 집은 어머니가 혼자 생활하기에 크지도 작지도 않은 집이었다. 어머니가 지은 집에서 처음 오 년을 우리 가족과 함께 대가족처럼 살았다.

나는 아치울 집에서 살림을 도맡아 하고 우리 아이들도 돌보며 어머니가 외출하실 때는 운전도 해드리고 집에 오는 많은 손님의 치다꺼리를 해드렸다. 손님을 초대하면 넘치지도 모자라지도 않게 메뉴를 짠 포스트잇을 냉장고에 붙여놓거나 건네주던 어머니 모습이 선하다. 혹시나 내가 상다리가 부러지도록 넘치게 차릴까봐 늘 가짓수를 제한해주셨다. 넘치게 대접할 필요는 없다는 게 늘 하시는 말씀이었다. 그러나 온 손님들은 대접을 잘 받았다고 생각하고, 우리집의 식탁을 즐기고 오래도록 기억하고 특별하게 생각했다. 식탁을 차릴 때마다 나는 가지나물을 무쳐드렸다. 물렁물렁하게 쪄서 초무침을 한 가지나물은 손님상 메뉴에서 거의 빠지지 않았던 것 같다. 어머니와 같이 정원을 가꾸고 꽃시장에 나가 철철이 꽃들을 사들여 같이 심었다. 손이 쉴 사이가 없었지만 집 안에 따뜻함이 깃들었고 어머니도 나도 행복했다. 우리 아이들은 할머니 슬하에서 마음을 키웠고 모두 할머니를 존경하고 사랑했다. 어머니는 여러 손주들을 하나하나 지극히 사랑해주셨다. 피붙이라고 무조건적인 사랑을 주는 것이 아니라 그 아이에 맞는 사랑을 베풀어주셨다. 늘 소통하면서 그애들이 성장하는 세계에 관심을 보이고 어려운 듯해 보이면 슬쩍 도와주고 용기를 불어넣어주시고 잘나가는 것 같으면 자만을 경계하는 말씀을 잊지 않으셨다. 어머니는 참으로 집안의 큰 교육자이셨다.

어머니는 아무 편에도 서지 않았다. 가족이 모여도 의견이 첨예하게 달라질 수 있는데 어머니는 누구 편도 들지 않았다. 어떤 때는 얄미울 정도로…… 어머니의 의견이 없어서가 아니란걸 알았지만 어디에도 편을 들지 않는 균형감각과 판단력은 놀라웠다. 어머니는 대단한 인내력을 가지고 있었는데 어느 자리에서나 먼저 이야기를 꺼내는 법이 없었다. 누군가 자신의 지식이나 의견을 힘주어 말하고 있을 때 어머니는 이미 알고 있는 정보나 지식일 때가 많았다. 그래도 어머니는 끝까지 들어주었고 쉽게 누구를 평가하지 않았다.

2010년 10월 초 건강검진에서 담낭암 판정을 받은 그날까지 어머니는 건강하셨고 이십대 못지 않은 정신력의 긴장감을 유지하고 있었다. 돌아가신 후에 안 거지만 지난 십 년 동안 하루도 빠짐없이 일기를 쓰셨다. 무슨 이유인지 몇 달을 거른 적도 있었으나 손을 다치셨을 때에도 왼손으로 삐뚤삐뚤 일기를 써놓으신 걸 보고 감탄하고 감동했다. 돌아가시기 이틀 전에도 떨리는 글씨로 매사에 감사하다는 일기를 써놓으셨다.

석 달여 동안의 투병 기간이 우리 가족들에게는 소중한 시간이었다. 작가와 공인으로서의 엄마가 아니라 자연인으로서 늙어 병들어 죽어가는 엄마와 가까이 시간을 보냈다는 걸 감사하지 않을 수 없다. 죽 한 숟갈 국 한 그릇이라도 떠먹여드리려고 노력했던 시간들이 지금은 그리울 수밖에 없지만 그 순간이 주어졌다는 게 감사하다. 몸을 움직일 수 없을 정도로 기력이 없어지고 숨이 차서 목소리가 나오지 않았던 어머니의 몸을 연민으로 껴안을 수 있었다는 게 감사하다. 발을 주물러드리고 씻겨드렸던 그 시간이 더 길었으면 좋았을 것을……

늘 당당하고 거리낌없고 누구 앞에서도 주눅들지 않았고 또박또박 걸음을 걸으셨던 어머니였는데…… 그런데 왜 가장 무력하고 쇠잔해진 그 순간에 어머니에 대한 진정한 사랑과 존경심이 우러나는 것일까?

나는 어머니의 집 어머니의 사진 밑에서 이 글을 쓴다. 영정사진이라 하기엔 너무 아름다운 사진. 문상 온 사람들이 모두 바라보며 아름답다고 감탄하던 사진이었다. 돌아가신 후 영정사진을 찾다가 서재에 걸려 있던 그 사진을 떼어 안고 가며 신음하듯이 엄마를 불렀던 그날을 생각나면 분명 있었던 일이지만 믿어지지 않는다.

"그때는 참 행복했었지." 그 사진이 참 마음에 드신다며 서재의 벽에 거시면서 하시던 말씀이다. 그렇게 말할 때 확 끼쳐오는 쓸쓸함이 싫었지만 남편과 아들이 곁을 떠나기 전 보문동 한옥에서 살았을 적의 사진이 아닌가. 어떤 불행도 예견할 수 없을 때의 모습이 아닌가. 수줍은 듯 간지럼을 타는 것 같은, 나이를 짐작할 수 없는 사진이지만 사람들은 최근에 찍은 것인 줄 안다. 많은 사람들이 그 사진 한 장을 바라보았다. 나는 사람들의 눈이 따뜻하게 젖어오는 것을 하염없이 바라보았다.

지난해 여름 어느 날이었다. 경인년 여름을 지내면서 몸과 마음이 힘들다고 하셨다. 육십 년이 지나도 그 전쟁의 상처가 아물지 않았는지 늘 진저리를 치시곤 했다.

"애, 영정사진하고 집문서 저기 넣어놓았다."

그런 말씀을 하시는데도 귀담아듣지 않고 어느 서랍인지 확인도 하지 않았고 꺼내보지도 않았다. 죽음을 준비하는 어머니의 치밀함이 싫었기 때문이다. 나는 결국 돌아가신 날 새벽 어머니가 영정사진이라고 따로 해놓은 사진을 찾아내지 못하고 컴퓨터 데스크톱 앞 벽에 걸려 있던 사진 액자를 그대로 떼어 가슴에 안고 나왔다. 따뜻한 봄볕을 쐬고 있는 듯한 여성적이고 부드러운 표정이었고 그 따뜻함이 스미면 미움도 아픔도 고통도 녹일 것 같았다.

또록또록 분명하게 발을 떼셨던 어머니의 걸음 소리를 이제 다시 들을 수 없다. 새벽에 일어나 걸어나오시던 그 소리, 마치 한 낱말 한 낱말처럼 분명했던 걸음 소리. 두려움 없이 발을 떼던 그 소리를 이제는 들을 수 없다.

잘 걸을 수 있다는 것을 스스로 얼마나 대견해하셨던가. 지하철의 계단을 혼자 오르락내리락하며 시내로 외출하여 영화관에 갈 수 있다는 것을 얼마나 행복해하셨던가.

마당에 꿇어앉아 잡초를 솎아내는 모습, 호미를 들고 주저앉았다가 가끔 하늘을 쳐다보는 그 모습이 참 자연스러우셨지. 그리고 누구 눈치도 보지 않아 하늘을 우러러 부끄럽지 않고 땅에 주저앉아 있어도 당당한 모습이었지. 아침이 차려졌다고 소리쳐 불러야 벌떡 일어나면 무슨 상념을 잃어버릴까 천천히 일어나시면서 집 안으로 걸어들어오셨지. 몸에 흙냄새를 풍기며 들어오셔서는 차려진 식탁을 보시며 늘 생기 있게 "맛있겠다. 무진 많이 먹을 것 같아" 그럴 때는 내가 엄마가 되고 엄마가 딸이 된 것 같았다.

식탁에서 보이는 창밖 너머로 산수유나무를 바라보며 아침을 먹을 때엔 산수유나무는 일 년 내내 싫증나지 않는 화제의 대상이었다. 산수유꽃이 필 때나 여름에 잎이 무성할 때 가을에 단풍이 들 때나 열매를 맺을 때 그 빨간 열매에 눈이 떨어질 때 그리고 새들이 그 붉은 열매를 쪼아먹는 걸 보며 아침을 먹었다. 담낭암 수술을 받기 전 모녀의 일상이었다.

지난 초겨울이었다. 멀리 뉴욕에 사는 지인이 튤립 크로커스 스노드롭스 구근을 보내왔다. 어머니는 땅이 얼기 전 심어야 한다고 하셨지만 마당에 나가 심을 기력이 없으셨다. 그래도 겨우 마당에 나와 서 계셨고 내가 곳곳에 흙을 파고 구근을 심는 모습을 지켜보아주셨다. 그때 왜 그랬을까. 이듬해 봄에 싹이 나오고 튤립꽃이 피는 걸 과연 볼 수 있을까 하는 슬픈 표정일 것만 같아 나는 어머니의 얼굴을 쳐다보지 못했다. 스노드롭스라는 꽃이름이 왜 그렇게 눈물처럼 슬프게 느껴졌을까.

지금 마당에 빨간 손톱과 같이 튤립 싹이 나오고 있다. 꽃이 피면 울어버릴 것 같지만 엄마는 계시지 않는다. '내 몸이 그 안으로 스밀 생각을 하면 죽음조차 무섭지 않아진다'는 어머니의 글처럼 땅으로 스며버리신 것인가.

어머니는 나에게 "네가 그냥 여기서 살아라"고 하셨다. 그런데 그 말씀을 나에게뿐만 아니라 가까운 사람들에게도 그렇게 말씀하신 모양이었다. 기념관이나 문학관을 만들지 말고 그냥 살아라. 내가 어머니의 집에 그냥 사는 것이 어머니의 뜻이 되어버렸다.

나는 어머니가 돌아가신 후 어머니의 집에 머물면서 여러 가지를 생각한다. 엄마의 진정한 뜻은 무엇이었을까? 기념관이나 문학관을 하지 말라고 하신 뜻은?

어머니의 숨결이 깃든 집이 썰렁하게 되기를 원하지 않으신 게 아닌가. 차가운 돌로 된 명패와 기념관보다는 따뜻하게 가족이 모여 숨을 쉬고 웃으며 이야기를 나누고 식탁을 차리고 포도주 잔을 부딪치기를 바라신 게 아닌가. 새 생명 아기가 태어나고 자라 노할머니가 무릎을 꿇고 가꾸던 잔디 위에서 걸음마를 배우고 발에 흙을 묻히기를 꿈꾸신 게 아닐까. 작은 꽃 사이에서 그애들의 웃음소리를 들으시고 첫걸음마를 거들어주시고 싶으신 게 아닌가. 어느 날 기적처럼 한 발을 떼는 그 순간을 꽃 뒤에서 숨어 지켜보고 싶으신 게 아닌가. 무엇보다 딸이 어머니의 마당에서 하루를 시작할 때 엄마를 생각하며 그 따뜻한 흙을 주무르기를 바라시는 게 아닌가. 그러다 엄마가 그리워지면 책을 꺼내보면 될 것이 아닌가. 어머니의 따뜻한 숨결이 깃든 문장을 느끼기 위해 다시 들춰보리라. 그 빛나는 표현 속에서 더욱 살아 있는 어머니를 느낄 수 있으리라. 겨울 어느 날 어머니가 홀연히 가신 날처럼 눈발이 날리면 울음을 터뜨릴지도 모르지만.

그리운 엄마와 만나는 길

엄마가 돌아가시고 나서 한동안 집에서 발이 떨어지지 않아 산책을 못했다가 지난가을부터 아차산에 오른다. 다행히 이웃에 사는 벗이 있어 같이 오른다. 우리집이 가장 산기슭에 가까워서 집 앞에서 모여 벗들과 아침인사를 하면 무겁고 어두웠던 마음도 금세 밝아지고 발걸음도 가벼워져 산에 오른다. 이런 아침산책 시간이 없다면 내 무릎도 내 머리도 다 무너져버렸을지 모른다.

그전에는 혼자 산에 올랐었다. 그런데 요즘은 같이하는 산책 시간이 기다려진다. 무슨 이야기를 할까 기다려진다. 그리고 무슨 차를 끓여서 보온병에 넣을 것인가 대단한 선택 사항이 아닌데도 즐거운 시간이 된다. 꿀을 조금 넣은 홍차나 캐모마일 혹은 연유를 조금 넣은 커피를 가져가는데 신기하게도 서로 겹쳐지지 않는다. 하루하루 바뀌는 자연의 모습을 바라보는 것만으로도 행복이다. 산 초입에서 건너야 하는 냇물이 얼어 스케이트장은 못 되더라도 아이들 썰매장은 족히 된 정도인데 얼음 위를 걸어가면 남아 있던 아침잠이 달아나고 정신이 번쩍 나고야 만다. 허연 얼음덩이 속으로 졸졸졸 흐르는 물소리가 난다. 우리가 프루스트의 길이라고 부르는 숲길을 걸어가면 세상과는 금세 차단되듯 숲속의 고요가 찾아온다. 그 적막을 깨는 딱따구리는 큰 나무에 붙어 딱딱 나무에 상처를 내며 산을 울린다. 작은 새 한 마리가 망치로 나무를 때리는 듯한 소리가 나는 게 신기해서 쳐다본다. 잎이 떨어진 빈 겨울 산에서는 그 소리가 나무를 베는 소리처럼 더욱 크게 울린다. 겨울 산의 적막 속에서 한때 주인공이 되는 새를 사랑스럽게 바라본다.

젊은 벗은 "오늘은 이것 좀 들어보세요. 친구가 보내준 거예요" 하며 스마트폰을 꺼내어 음악을 듣게 해준다. 어머니의 마지막 산문집 『못 가본 길이 더 아름답다』에 나온 글에 음악을 붙여 노래까지 하여 녹음한 것이다. 좋은 글은 다 시가 되고 좋은 시는 다 음악이 된다는 친구의 말을 전해준다. 새로운 기기의 신속함과 편리함에 감탄을 하며 얼어붙은 아차산 계곡 옆에 쭈그리고 앉아 엄마의 시를 듣는다.

심심하고 심심해서 왜 사는지 모르겠을 때도 위로받기 위해 시를 읽는다. 등 따습고 배불러 정신이 돼지처럼 무디어져 있을 때 시의 가시에 찔려 정신이 번쩍 나고 싶어 시를 읽는다. 나이 드는 게 쓸쓸하고, 죽을 생각을 하면 무서워서 시를 읽는다. 꽃 피고 낙엽 지는 걸 되풀이해서 봐온 햇수를 생각하고 이제 죽어도 여한이 없다고 생각하면서도 내년이 뿌릴 꽃씨를 받는 내가 측은해서 시를 읽는다.

아마추어 작곡가지만 구슬프게 전달이 되어 마치 엄마의 목소리로 읊조리는 것 같다. 눈물이 줄줄 흐른다. 산문집에서 여러 번 보았던 구절이지만 무심코 넘기지 않았던가? 엄마는 어떻게 무서운 죽음을 맞으셨을까? 어떻게 심심한 인생을 살아내셨을까?

돌아가시기 전해 여름이었다. 계단을 내려가다 다리를 삐끗 다치신 어머니가 마당에도 못 나가시고 외출을 못하시고 집 안에서만 계실 때였다. 저한테 "애, 사는 게 너무 심심하다" 하시는 게 아닌가. 엄마에게서 처음 들어본 말이었다. 낮에도 텔레비전에서 교육방송과 종교방송을 모두 섭렵하시기도 하고 책을 보시기도 하였지만 무료하셨던지 그렇게 말씀하시는 엄마가 어린 애 같아 보였다. 늘 집 안팎을 쉴새없이 왔다갔다하시면서 손과 다리를 쉬지 않고 뭔가를 하셨던 엄마는 다리가 부자유스러우니 순간 심심하셨나보다. 엄마의 어린애 같은 투정에 나는 갑자기 어른 말투가 되어 소리가 높아지는 게 아닌가.

"엄마, 대부분 사람들은 다 심심해요. 엄마 나이에 엄마처럼 많은 일을 하는 사람이 세상 어디에 있겠어요. 어쩌다 생긴 느긋한 시간인데 좀 편안히 보내세요." 그 순간 내가 아이를 타이르는 엄마 같았다. 내 말에 엄마는 천천히 고개를 끄덕이셨다. "맞아, 내 생활이 평균치의 생활은 아니지." 엄마는 금세 수긍하고 심심한 시간의 지루함을 받아들였다.

오늘은 파주로 향한다. 어머니 돌아가시기 전부터 기획에 들어갔던 소설 전집이 일주기에 맞추어 나오게 된다. 인쇄에 들어가기 전 마지막으로 결정할 일들이 있어 강변북로를 달린다. 출판사가 모여 있는 파주 출판단지에는 『나목』 특별판을 내게 되는 열화당 출판사도 있어 파주에 간 김에 두 가지 일을 다 보고 오기 위함이다.

여러 번 와서 아는 길이지만 '경기도 파주시 교하읍 문발리'라고 내비게이션에 주소를 찍으면 어머니의 소설이 떠오른다. 그걸 어찌 소설이라고 하겠는가. 교하읍에서의 피난살이를 절절하게 묘사한 『그 산이 정말 거기 있었을까』를 볼 때마다 가슴이 저려오지 않았던가.

지난 한 해 엄마의 소설을 교정보면서 전집을 만들어가는 과정은 참으로 엄마의 전 생애와 만나는 과정이었다. 그리고 엄마의 사십 년 작가 생활을 지난 일 년 동안 압축해서 겪어온 것 같았다. 고통스러웠고 지루했고 내팽개치고 싶도록 진저리가 쳐질 때가 많았다. 그런데도 금세 다시 펼쳐들어 엄마의 글 속으로 들어갔다. 그것만이 그리운 엄마와 만나는 길이라는 걸 알았기 때문이다.

글 속에서 여러 인물들은 시대 속에서 생생하게 살아 있었고 이야기 사이사이로 숨은 엄마의 목소리를 들을 수 있었다. 때로는 준엄하게 때로는 따뜻하게 때로는 눈물이 흐르게 하다가도 시원한 웃음이 나오게 하는 문장들이 자석에 이끌리듯 나를 사로잡아버렸다.

긴 파주 여행을 마치고 돌아와 집에 다다르니 우체통에 우편물이 아닌 누군가가 직접 갖다놓은 봉투가 하나 들어 있다. 손으로 쓴 편지와 함께 하드커버의 논문집이 들어 있다. 젊은 국문학도가 박완서 문학으로 쓴 석사논문을 직접 우체통에 넣은 것이다. 아무리 찾아도 주소도 연락처도 없다. 단지 이화여대 국문과 석사학위논문이라는 것밖에는. 그 연구자가 나에게 쓴 편지를 보며 웃음 짓는다.

할머니께서 사 오신 책을 이모와 엄마가 돌려보고 저도 보았는데요. 어릴 때 『그 산이 정말 거기 있었을까』를 보면서 '이데올로기'라는 단어의 뜻을 몰라 엄마에게 "엄마, 이데올로기란 건 털실 같은 게 돌돌 말린 걸 말하는 거야?"라고 물어봤던 기억이 나요.

그렇게 물었던 어린애였지만 그 책을 읽었고 성장하여 꽤 두껍고 훌륭한 연구논문을 써서 보내준 것이다. 어머니가 계셨더라면 그 편지를 보며 얼마나 재미있어하며 기특해하셨을까? 아마 "털실이라면 스웨터라도 짤 수 있지. 이데올로기란?" 하며 고개를 갸우뚱하셨을 것 같다.

그 연구자는 작가 생전에 드리지 못한 것을 안타까워하면서 "책장에 꽂지 않아도, 냄비받침으로라도 써주세요" 했다. 냄비받침이라니? 나는 요즘 그 논문을 가까이 놓고 읽고 있다. 귀여운 유머와 겸손된 마음이 느껴져 젊은 친구를 만나고 싶기도 하다.

엄마의 감탄사

엄마는 늘 손을 움직이셨다. 손이 심심하면 허전하기도 하고 시간이 아깝다고 느끼셨는지 텔레비전을 보면서도 뭔가 손을 움직이길 바라셨다. 언젠가는 나에게 요즘은 털실 파는 데가 어디 있니 하시며 털실가게가 눈에 뜨이면 털실을 사 오라고 하셨다. 그때는 같이 살 때였는데 나는 오래된 상가에서 세 가지 빛깔의 털실을 사다가 같이 앉아 뜨개질을 했었다. 여러 가지 크기와 모양의 사각형 조각을 코바늘뜨기로 짜놓았었다. 그걸 모아 붙여 무릎덮개라도 만들자고 하면서. 스무 개가 넘는 그 무의미한 정사각형 직사각형의 조각을 그냥 방치해두었었다. 이어 붙여놓지 않아 아무데도 쓸모가 없는 쪼가리를 볼 때마다 언젠가는 저걸로 뭔가 하나의 작품을 만들어야 할 텐데 하고 있었다. 그런데 엄마는 돌아가시고 그 미완성의 뜨개질 거리는 바구니 안에 정지화면처럼 그대로 놓여 있었다.

초겨울의 분위기 때문일까, 뜨개질하던 엄마의 손길이 그리워서일까? 며칠 전 그 바구니를 꺼내어 조각을 붙이기 시작했다. 빨강 파랑 연두색의 조각들을 이리저리 붙여보는데 생각보다 쉽지 않았다. 엄마가 짜놓은 조각은 쫀쫀하고 반듯했고 내가 짜놓은 것은 헐렁하고 모양이 일정치 않았다. 단순한 뜨개질 솜씨도 성격을 반영하는 것일까. 엄마는 치밀하고 완벽했고 나는 빈틈이 많았다. 그 조각을 붙일 때마다 눈을 감고 만져만 보아도 누가 짰는지 금세 알 것 같았다.

추위를 재촉하는 겨울비가 종일토록 오는데 쭈그리고 앉아 조각을 잇대고 또 잇대어 무릎덮개를 완성했다. 아무 생각도 하지 않고 시간 가는 줄도 모르고 코바늘과 바늘을 놀리며 털실 바느질에 몰입하게 되었다.

어느덧 반나절이 훨씬 지나 창문으로 어둠이 내리고 있었고 누덕누덕 이어붙인 무릎덮개지만 하나의 완성품이 되었다. 그 털실 뜨개질의 따스한 감촉은 이 계절이면 어린 시절 엄마 무릎에 놓였던 뜨개질의 추억을 불러일으켜 뿌듯한 행복감이 차올랐다.

엄마의 추억은 늘 그랬다.

어머니가 세상을 떠나신 후 쓰시던 노트북 바탕화면에는 두

꼭지의 글이 있었다. 담낭암을 진단받아 입원하기 직전에 쓰신 글로 생전의 마지막 산문집 『못 가본 길이 더 아름답다』에도 들어가지 않은 글이었다. 〈깊은 산속 옹달샘〉과 〈행복하게 사는 법〉. 둘 다 짧지 않은 산문이었는데 어머니가 마지막으로 남긴 글이 주는 메시지가 생생해서 어머니가 돌아가신 걸 믿을 수 없었다. 어머니의 평소 말씀처럼 글로 남아 살아 계셨다.

나는 그 글이 너무도 소중하여 동생과 가족들에게 복사하여 나누어주고 어머니를 그리워하는 지인들에게도 보내주었다. 〈깊은 산속 옹달샘〉은 정양모 신부님과의 이태리 예술기행에서부터 도피안사의 철불, 그리고 법정스님과의 짧은 조우와 죽음으로 이어지는 글이었다. 어머니의 글이 다 그러하듯 누구나 이해할 수 있을 만큼 쉽지만 읽으면 읽을수록 그 깊이와 폭이 따라가기 힘들고 심오했다.

〈행복하게 사는 법〉은 마치 자식들에게 타이르듯이 써놓으셨고 나는 그걸 읽고 또 읽으며 어머니를 여읜 서글픔을 견디어낼 수 있었다.

옛 성현의 말씀 중에도 이런 게 있습니다. '이 세상 만물 중에 쓸모없는 물건은 없다. 하물며 인간에 있어서 어찌 취할 게 없는 인간이 있겠는가' 아무짝에도 쓸모없는 인간이 있다면 그건 아무도 그의 쓸모를 발견해주지 않았기 때문입니다. 발견처럼 보람 있고 즐거운 일도 없습니다. 누구나 다 알아주는 장미의 아름다움을 보고 즐거워하는 것도 좋지만 아무도 거들떠보지 않는 들꽃을 자세히 관찰하고 그 소박하고도 섬세한 아름다움에 감동하는 것은 더 큰 행복감이 될 것입니다.

우리 삶의 궁극의 목표는 행복입니다. 행복하려고 태어났지 불행하려고 태어난 사람은 아무도 없습니다.

인생은 결국 과정의 연속일 뿐 결말이 있는 게 아닙니다. 과정을 행복하게 하는 법이 가족이나 친척 친구 이웃 등 만나는 사람과의 인간관계를 원활하게 하는 것입니다. 모든 불행의 원인은 인간관계가 원활치 못하는 데서 비롯됩니다. 내가 남을 미워하면 반드시 그도 나를 미워하게 돼 있습니다. 남이 나를 좋아하지 않는다고, 나는 잘못한 거 없는데 그가 나를 싫어한다고 여기는 불행감의 거의 다는 자신에게 있습니다. 자신이 그를 좋아하지 않고 나쁜 점만 보고 기억했기 때문입니다.

행복하게 사는 법은 결국 사물이나 사람의 좋은 점을 발견하고 그걸 사랑하라는 말씀이었다. "발견처럼 보람 있고 즐거운 일도 없습니다." 나는 그 구절을 입으로 외우고 외웠다.

어머니는 항상 새로운 발견을 하셨다. 생활 속에서 사람 속에서 세상 속에서. 그리고 무엇보다 어머니 자신 안에서.

이렇게 좋은 글이 있는데도 책으로 엮어낼 생각은 하지 않았는데 책상 서랍 속에 모아놓은 A4용지 여러 다발의 원고를 발견하고는 정리하면서 읽기 시작했다. 어머니는 1980년대 말 문서 작성용 컴퓨터 워드프로세서가 나오고부터 이십 년이 넘게 원고를 컴퓨터로 작성했고 예전에는 두께가 얇은 플로피 디스크에 저장해오다가 최근에는 USB까지 저장방법의 진화를 따라가셨다. 어머니의 휴대폰 고리에 달린 USB가 참 상큼하고 귀여웠었는데…….

그 진화를 따르면서도 컴퓨터란 기기의 저장방법은 믿을 수 없다고 하셨다. 실제로 컴퓨터의 조작 실수로 아깝게 원고가 날아간 경험도 있었다. 그후로는 더욱더 원고를 종이에 인쇄해서 보관해놓으셨다.

A4용지로 인쇄된 엄마의 원고를 보니 반갑고 기쁘다기보다 엄마의 한숨 소리가 들리는 것 같았다. 아무리 작은 매체라도 간곡한 원고 청탁을 거절하지 못하고 그 나이에 힘든 글노동을 했던 엄마의 모습이 생각났다. 긴 한숨 끝에는 늘 그래 써주어야지 글보시는 해야지 하시며 넉넉하고도 결연한 정신으로 태어난 글들이었다. 글을 쓸 때는 항상 놀라운 집중력으로 일을 해내셨다. 유니세프를 위한 글과 먼저 가신 훌륭한 분들을 추모하는 글들, 특히 이병주 작가에 관한 글은 어머니가 아니면 쓸 수 없는 것이기도 했다.

책으로 엮는 과정에서 반 이상을 추려냈지만 하나하나 그 글을 쓰시던 분위기가 느껴져 가슴이 저려온다. 나는 늙은이를 너무 부려먹는다고 푸념을 하기도 했지만 그때가 사무치게 그리워진다.

『세상에 예쁜 것』은 어머니의 감탄사이다. 봄에 언 땅이 녹으며 새싹이 올라올 때 제비꽃이 피었을 때 눈 속에서 복수초의 노란 꽃잎이 올라왔을 때 상사화의 분홍빛 꽃대가 올라올 때 태어난 지 한 달도 안 된 증손녀를 안고 정말로 예쁘구나 하고 바라보시며 감탄하던 눈길 그대로이다.

우리 가족은 『세상에 예쁜 것』에 적힌 글을 한꺼번에 읽지 못한다. 돌아가시는 그날까지 고향을 그리워하고 혹시나 가볼 수 있으려나 희망을 버리지 않았던 어머니의 마음이 애달파서 한꺼번에 읽지 못한다.

어머니의 글은 내 인생의 교과서이고 지침서이고 가장 좋은 문학이론서이다. 낱말 하나하나에 소중한 가르침이 숨어 있다고 해도 지나친 말이 아니다. 누구에게나 쉽게 읽히는 쉬운 글이지만 결코 그 담긴 뜻이 쉽지 않다.

흐르는 강가에서 바람을 쐬면서 어린 손자가 뛰노는 모습과 젊은 아들과 사위가 강물에 물수제비를 뜨는 걸 구경했다. 그때는 보이는 모든 것이 왜 그리도 아름다웠던지, 젊은 내 새끼들의 옷깃과 검은 머리칼을 나부끼게 하는 바람조차도 어디 멀고 신비한 곳으로부터 애들이 특별히 아름답게 보이라고 불어온 특별한 바람처럼 느꼈으니까.

나는 이 구절을 읽을 때마다 목이 메고 눈물이 어린다. 엄마의 끔찍한 사랑이 와닿기 때문이다. 평소 차가울 정도로 사랑의 표현을 절제하셨는데 이 글은 그렇지 않아 슬프다. 그 장면 이후에 우리 가족에게 닥친 고난을 생각하면 가슴이 찔리듯 아파온다.

어린 시절 말고는 지난 십여 년 동안 어머니와 가장 가까이에서 지낼 수 있었고 어머니를 발견할 수 있는 축복을 누렸다. 그러나 나에게는 항상 숙제를 끝내지 못한 아이와 같은 마음이 있었다. 나는 한 줄의 글도 쓰기 어려웠고 누구도 그걸 대신 해줄 사람은 없었다. 어머니를 사랑하고 존경하지만 작가 박완서라는 문학의 큰 세계에서 도망치고 싶을 때도 많았다.

그런데 참으로 역설적이게도 어머니로부터 벗어나기 위해 어머니의 글을 읽으며 어머니 문학으로 들어간다. 멀리서 소재를 찾기보다 가장 가까운 데서 그 해답을 찾는 것이 현명하다는 깨달음 때문이다. 가장 가까이에 스승이 있고 글의 소재가 있고 내가 할 일이 있다. 어쩌면 그것은 마르지 않는 발견의 샘일지도 모른다.

3장

고요한 자유

고양이 별곡

지난여름 지독하게도 더운 어느 날 외출해서 집에 들어오다가 마당을 훑어보는데 나무 밑에 새카만 털북숭이가 있는 게 아닌가. 가까이 다가가니 그늘에 검은 고양이가 널브러져 있었다. 소리쳐도 일어나지 않고 마치 검정 털코트를 아무렇게나 벗어놓은 듯 고양이가 죽어 있었다. 어머니가 주무시던 안방 바로 앞 화단이었다. 어머니가 침대에 누워 숲을 바라보던 바로 그 시선이 머무르던 곳이었다. 내 머릿속에는 불길함과 함께 서러움이 복받쳤다. 그리고 이 염천에 고양이 시체를 어떻게 감쪽같이 치울 것인가가 급선무였다. 어머니가 살아 계실 때에 생선 먹다 남은 것을 갖다가 먹이기도 한 고양이가 아닐까. 주인이 이 세상을 뜨고 난 후 살 의욕이 없어진 고양이가 주인의 방 앞에서 죽은 것이다. 나는 늘 어머니한테 "고양이 밥 주지 마세요. 제집인 줄 알고 잔디에다 마구 똥 싸잖아요." 고양이 똥을 치울 때마다 그렇게 말한 나에게 저 고양이가 복수를 한 것이다.

집 안으로 들어와 안절부절못하다가 이웃에 사는 젊은 친구한테 전화를 했다. "고양이가 죽었어요." 나는 거의 울먹이듯 "어떻게 좀 해주세요" 하며 도움을 청했다. 그 친구는 "시골에 살다 보면 그런 일 많아요. 마침 이따가 정원사 아저씨가 온다 했는데 거기로 먼저 보내드릴게요. 걱정 마세요" 한다. 친구의 안심시키는 말에 떨리는 마음은 진정되었지만 고양이 한 마리의 죽음에 온 마음이 흔들리고 있었다.

그러면서 엄마가 살아 계셔 이 모습을 보셨다면 어떤 표정을 짓고 어떤 말을 하실까 생각했다. "웬 호들갑이냐? 그깟 고양이 한 마리 죽었다고……." 다 늙은 딸을 한심하게 바라보셨을 엄마가 머리에 그려졌다. "더 모진 것도 보았다"며 차가운 얼굴을 하실 수도 있다. 한편으로는 아무렇지도 않게 재미있어하셨을 표정도 떠오른다. "얘가 천수를 다하고 죽었구나. 내 마당 나무 그늘 밑에서……. 고양이는 아무 눈치도 보지 않고 자존심이 있다니까" 하며 경쾌하게 말씀하셨을 엄마. 엄마는 늘 그러셨다. "전쟁중에도 그렇게 불행하지는 않았단다. 그때도 웃을 일이 있었고 재미있었단다." 그런 엄마의 여유와 유머가 사무치게 그리워졌다.

그런데 죽은 줄 알았던 고양이가 기다리던 정원사가 오기 전에 천천히 머리를 일으키는 게 아닌가. 마치 정지되었던 화면이 다시 재생되듯이……. 무더운 여름, 나무 그늘 밑 시원한 풀밭에서 늘어지게 오수를 실컷 즐긴 늙은 고양이는 몸을 일으켜 나무 사이로 걸어간다. 누구의 눈치도 보지 않고, 어머머 살았잖아 내가 내지르는 소리를 귓등에도 듣지 않고, 유유히 담장 너머로 사라지는 것이었다.

국화 예찬

아주 조금씩 가을이 깊어가고 있다. 여름내 지겹도록 피던 진홍색 배롱나무도 꽃이 지고 이파리는 붉게 물들어 뜰 위에 힘 없이 떨어진다. 그래도 아직 숲에는 단풍이 다 물들지 않고 푸르름도 남아 있어 쇠하기 전의 자연의 펄펄함이 곳곳에 남아 있다. 작은 감나무의 열매는 장마와 태풍에 떨어지기도 하여 겨우 다섯 개가 남았는데 그래도 튼실하게 익어간다. 감잎이 붉게 물듦과 함께 감의 무게감이 뿌듯하다. 아직도 봉숭아가 마당 곳곳에서 꽃을 피우고 있다. 잎이 누릿누릿해지면서도 씨앗 주머니를 매달고 자신의 시간이 다할 때까지 최선을 다하는 것이 기특하기까지 하다. 태풍과 장마에도 녹아내리지 않고 살아남은 당당함이 있다.

이번 가을 우리 마당에는 작은 기쁨이 있었다. 봄부터 새잎이 돋기는 하는데 잡초인지 무슨 꽃을 피울지 알 수가 없어 뽑아버릴까 하다가 그냥 놓아두었는데 여름내 키가 50센티 가량 제법 커 올랐다. 그래도 꽃은 피울 생각도 안 하고 그냥 잎만 돋아났다. 식물을 여러 해 키워보니 봄에 나오는 새잎만 보아도 튤립인지 붓꽃인지 원추리인지 개미취인지 알 수 있는데 이건 무언지 모르게 잎만 무성했다. 뻑사리인지도 몰라 하면서도 혹시나 해서 그냥 두었더니 어느 날 콩알만하게 작은 꽃봉오리가 맺혔다. 그러고도 한참 후에 추석이 지나고 바람이 서늘해지니 보라색 꽃이 피는 게 아닌가? 그것도 수백 송이가. 꽃을 보고 나서야 작년 가을 꽃시장에서 모종을 사서 심었던 것이 드디어 생각났다. 핀 모양이 공작 같다고 공작이라고 하기도 하고 아스타라는 서양 국화 종류라고 했다. 잡초인 줄 알고 뽑아버렸으면 그 세련된 빛깔의 꽃무더기를 보지 못했을 것이다.

선선한 날씨에 꽃이 쉽게 지지도 않고 오랫동안 나를 기쁘게 한다.

마당 한켠엔 어머니가 살아 계실 때 심어놓으신 만추국이 이제 작은 꽃망울을 맺으며 개화를 기다린다. 가을이 깊어갈 때까지 마당을 은은하게 지켜줄 것이다. 부드러운 노란색의 만추국은 서리가 내리고 눈이 올 때까지 피어오른다. 그 품격 있는 미색의 만추국은 조용히 최선을 다하는 노년과도 같다. 그걸 옮겨다 심으시면서 만추국은 가을이 더 깊어져야 핀단다 하시며 만추국을 다시 뇌던 목소리가 귀에 들리는 듯하다. 만추국은 꽃도 꽃이지만 이파리가 도톰하고 선이 뚜렷하여 아름답다.

어머니가 돌아가시고 안방에 뚫어진 창호지문에 만추국 이파리를 하나 따다 붙여 넣고 창호지를 다시 덧붙인다. 은은하게 붉게 물든 이파리가 창호지에 어려 특별한 창문이 되었다.

엷어져가는 햇살이 비쳐 가을이 천천히 깊어감을 느끼는 것이 아주 작은 기쁨이어서 좋다.

어느 점심 풍경

주말에 가족과 나들이 나간 길에 작은 면소재지에서 있었던 일이다. 특별한 사건도 아니고 그저 점심 한끼 먹으러 들어간 음식점의 풍경이다. 지나가는 그 마을 사람에게 여기 매운탕 잘하는 집이 어디냐고 물어보니까 소방서 앞으로 가보라고 한다. 동네는 그 끝이 한눈에 다 들어올 정도로 작다. 동네의 초등학교 운동장에는 '소중한 하루, 행복한 미래'라는 교훈이 붙어 있고 마을의 보건지소는 새로 지은 건물인 듯 작지만 깔끔하다. 빠르고 맑은 강물이 흐르고 산세가 아름다운 고장이라 오래전에도 매운탕을 맛있게 먹은 기억이 있어 민물 매운탕집을 찾은 것이다. 그런데 소방서 앞에 있는 그 집은 어찌나 사람이 많은지 신발을 놓을 자리가 없었다. 그래도 잘하는 집이겠지 하고 겨우

자리를 잡아 앉았는데, 주방에 한 사람 서빙하는 아줌마 한 사람 작지도 않은 음식점에서 두 사람이 그 많은 손님들을 대하고 있었다. 생선국수는 4,000원인데 모두들 그 국수를 기다리거나 먹고 있었다. 매운탕 국물에 소면을 넣은 게 한 번도 먹어본 적은 없지만 맛이 궁금했다. 다른 메뉴도 많이 있었다. 생선튀김 그리고 쏘가리와 빠가사리 매운탕. 자리는 잡았지만 우리 차례가 오려면 한참 걸릴 것 같았다. 생선튀김이 맛있어 보이길래 먼저 한 접시 시켰더니 드디어 피리튀김이 나왔다. 기다린 보람이 있을 정도로 맛이 좋았다. 맑은 냇물에서 갓 잡은 작은 생선을 통째로 튀긴 맛이라니……. 그러나 주문한 빠가사리 매운탕은 언제 나올지 몰랐고 그냥 세월아 네월아 사람들을 구경하고 있었는데 옆자리의 가족은 조용히 생선국수를 기다리고 있었다. 그 마을 사람인 듯한 다섯 명의 가족이 생선국수 네 그릇을 시키더니 재촉도 하지 않고 기다리고 있는 모습이 편안하고 점잖아 보였다.

그러나 사람들은 기다리다못해 일어나 냉장고에서 맥주나 소주를 꺼내 오고 김치 깍두기를 덜어 온다. 그런데 음식점 아줌마는 조금만 더 기다리면 갖다준다며 여유가 있고 밝은 표정이다. 우리가 이 음식점 매일 이렇게 사람이 많아요? 하니까 잘 모른다고 하며 오늘 하루 알바라고 한다. 주방을 가리키며 음식을 하는 사람이 주인이라고 한다.

혼자서 생선국수와 매운탕과 튀김을 해내는 주인도 대단해 보였지만 하루 알바 아줌마가 자부심 있고 재바르게 음식을 나르는 모습도 신기해 보였다. 드디어 나온 빠가사리 매운탕도 작은 새우가 넉넉히 들어가 별미였고, 깍두기는 갖은 양념을 넣은 것도 아니고 단순했지만 싱싱하고도 깊은 맛이 있었다. 면소재지의 점심 한끼 풍경이 나에게는 놀라웠고 무엇보다 놀라운 것은 그 펄펄한 활기와 생명력이었다.

저어기 잠수교가 보이네

자주 같이 아침산책을 즐기는 친구한테서 들은 이야기다. 친구는 노부모가 모두 살아 계시니까 부모님의 일상을 많이 듣게 되는데 나에게는 그게 참 좋다. 그래서 나는 일부러 부모님 편안하시죠? 하며 먼저 묻기도 한다. 얼마 전에는 친구가 오랫동안 부모님을 찾아뵙지 못해 외로우시겠구나 걱정되어 가뵈었더니 어머니가 딸은 쳐다보지도 않고 텔레비전에 눈을 떼지 않고 계시더란다. 아버지는 "너희 엄마 요즘 아주 텔레비전 정책토론에 푹 빠졌단다"고 하며 방송 내용이 틀리다고 생각하거나 마음에 영 안 들면 방송국에 전화를 해서 적극적으로 항의를 하시기도 한다고 한다. 그 이야기를 하며 친구는 "엄마가 너무 귀여우신 거 있죠"라고 표현했고 나도 먼저 동의했다. 그리고 어머니가 자식들 생각만 하지 않고 뭔가 집중하는 모습을 보니까 안심이 되었다고 했다. 그런 부모가 결혼기념일을 맞아 모처럼 남산타워에서 스테이크를 드시며 자축하셨다고 한다. 서울이 한눈에 내려다보이는 레스토랑에서 살아온 세월을 반추하며 향수에 젖었는데 그 귀여운 노모는 "당신 육십 년 가까이 같이 살면서 나한테 사랑한다고 말한 적 있어요? 사랑한다고 한번 말해보세요" 하셨단다. 늙은 남편은 천천히 돌아가는 서울 풍경을 지긋이 내려다보며 그 친구 말로는 한 59초쯤 기다리게 하더니 "저어기 잠수교가 보이네" 하시더란 이야기다. 우리는 푹신한 낙엽을 밟으며 깔깔 웃다가 또 눈물을 찔끔거렸다.

팔십 년이 넘게 살아온 부부가 사랑의 말을 갈구하는 것과 잠수교는 또 무얼까? 우리는 웃으면서 마치 선문답 같은 잠수교에 무슨 큰 의미가 담겨 있는 게 아닐까, 아니면 그저 눈에 들어온 잠수교를 바라보며 뜬금없이 나온 말씀이었을까? 정책토론 방송을 즐기는 노모와 아직도 사랑의 말을 듣고 싶은 귀여운 여인은 같은 사람이면서도 또다른 사람이고 그것이 또 한 사람이라는 게 재미있었다.

성공의 드라마는 막론하고 실패의 드라마조차도 없다. 그냥 삶이라고 말하기에도 아까운, 허망하고 허술하고 허전하고, 허영청하고 거듭 허 허 허한 어떤 잡념과 꾸물거림의 덩어리가 밀려가고 있는 것이다. 그러니 이 소설은 아무데서 시작해도 되고 아무데서 끝내도 된다. 그러나 독자가 그렇게 생각하고 아무렇게나 책장을 펼치면, 돌연 놀라운 경험을 하게 되는데, 시작 페이지를 제 맘대로 정할 때마다 전연 새로운 이야기가 거기에서 발생한다는 게 그것이다.

갑자기 무슨 인용일까? 작가 정영문은 『어떤 작위의 세계』라는 작품으로 올해 동인문학상을 받게 되었는데 그 선정 이유의 글이다. 일주일 내내 이 글귀와 함께 잠수교가 떠오른다. 그런데 묘하게도 미소가 솟으며 불끈 삶에 대한 새로운 기대를 하게 됨은 무슨 까닭인지 모르겠다.

어떤 마무리

해마다 12월이 되면 나 혼자만의 행사(?)가 있다. 혼자서 행사라기엔 우습지만 습관이라고 하기에도 그렇다. 십여 년이 된 것 같은데 해마다 나에게 가장 중요했던 일 열 가지와 가장 특별했던 사람 열 사람을 뽑는 것이다. 신문이나 세계뉴스에서나 하는 방법을 나 개인한테 적용하여보는 것이다. 언제부터인가 한 해를 마무리하며 그렇게 해왔는데 재미있기도 하고 의외로 새로운 것을 발견하기도 하고 내 생활에 깊은 반성이 되기도 한다. 그렇게 해놓으면 의외로 일 년이란 시간이 휘딱 저절로 지나간 게 아니라 끔찍이도 애쓰고 힘겹게 지냈구나 하면서 스스로를 칭찬하고 위로하는 계기가 되기도 한다.

내가 가장 시간을 많이 할애하거나 신경을 많이 쓴 일을 꼽아보는 것이 내 생활의 정리와 균형감을 위해 필요하다. 지나고 보면 그렇게 신경쓸 일도 아니었는데 하는 때도 있고 그 반대의 경우도 있다. 그렇다고 대단한 것은 아니다. 내 생활의 반경 속에서 남의 눈에는 뜨이지 않더라도 비중을 차지했던 일을 돌이켜보는 것이 다음해에는 또 어떻게 살아갈까 그려보는 데 분명 도움이 된다. 물론 세상일이 내 마음대로 되는 것도 아니고 주변의 사건과 변화에 내 자신이 휘둘릴 수밖에 없기도 하다.

나에게 가장 영향을 주거나 많은 시간을 같이했거나 하는 사람을 꼽아보는 것도 의미가 있다. 의외로 매해 그 사람들이 변화한다. 물론 가족의 구성원처럼 항상 중요한 사람이 있지만 그 외에는 생활의 변화에 따라 이웃과 친구와 지인이 바뀐다. 전에는 가깝게 많은 시간을 같이 지냈는데 여러 가지 이유로 소원해지는 관계도 있다. 그런 생각이 들면 안부전화라도 해보고 오래된 일이라도 감사의 마음을 전해본다.

나는 그것을 무슨 비밀문서처럼 다이어리의 맨 뒤에다 써놓고 한 해를 마무리한다. 그러나 매일 꾸준히 일기를 쓰는 습관은 아직도 이루지 못하고 있다. 고작 서너 달 쓰다 중단하고 다시 쓰다 말다 하다가 어느 틈에 12월이 되어버린다.

어머니께서는 돌아가시기 전 십 년 동안 거르지 않고 매일 쓰신 일기장을 남겨놓으셨다. 매일 무얼 먹고 누굴 만나는 일, 작고 큰 가족사와 작가로서의 하루하루를 그리고 있다. 매일의 삶은 지루하기도 하지만 그걸 기록해놓으니 빛이 나고 있었다. 나는 가끔씩 어머니의 일기장을 펴보며 최선을 다해 일상과 가족을 사랑하신 모습을 떠올린다. 그리고 자꾸만 헐거워지는 내 생활을 다잡으려 노력한다. 나의 이런 행사도 한 해를 보내는 아쉬움을 그렇게 표현하는 것인지도 모르겠다. 그리고 작은 꿈과 소망이라도 마음에 간직할 수 있어 감사하다.

땅에서 구름까지

운전을 하게 된 지가 이십 년이 넘어가니 크고 작은 일이 생기게 된다.

얼마 전 일인데 참으로 사소했지만 어처구니가 없었다. 우선은 나의 실수로 비롯된 일이니까 할말은 없다. 테헤란로에서 신호를 기다리며 정차중 내가 딴생각을 하며 한눈을 팔고 브레이크를 잠시 놓았나보다. 콩 하는 소리에 놀라 보니 내리막이어서 앞차를 박은 것이다. 앞의 차는 아주 작고 귀여운 외제차였는데 내려서 보니 내 차는 아무렇지도 않았고 그 차도 아무 자국이 없어 보였다.

서른도 안 되어 보이는 젊은이에게 나는 큰 죄를 지은 듯이 미안하다고 머리를 조아리며 잘 보아달라고 했는데 그는 귀찮다는 듯이 보험회사를 부르라고 한다. 그후 보험회사 직원의 말로는 차 수리비로 백만 원 가까이를 요청했고 매일 이십만 원이 넘는 렌트비를 요청했고 급기야 이튿날 입원을 했다고 했다. 나는 보험회사 직원과 어쩌면 그럴 수 있느냐고 한탄했다. 그 직원도 기가 막히는 일이지만 어쩔 수 없다는 말투였다.

나는 작든 크든 나의 실수로 인하여 내 보험수가가 올라간 것보다 그 젊은이에 대한 우려가 참으로 오래갔다. 멀쩡하면서 입원을 하고 그런 사람을 입원시킨 병원과 덤터기를 씌우는 보이지 않는 모든 과정에 대한 개탄이 꽤 오래갔다.

며칠 전 폭설이 오고 난 후 자동차에 문제가 생겨서 집 근처에 있는 배터리점에 들른 적이 있다. 가끔 엔진오일을 교체하기도 하는 곳이었는데 그날은 플러그를 교체해야 된다며 주문한 부품이 올 때까지 잠시 사무실에서 기다리라고 했다.

나는 어디에 있거나 잠깐 시간이 나도 신문을 찾고 아무 책이라도 찾아 읽는 버릇이 있는데 창가에 꽤 두껍고 붉은 표지의 책 세 권이 놓여 있었다. 가까이 가보니 제목이 『땅에서 구름까지』이다. 분명 무슨 신흥종교의 교리책 같았다. 그런데 내 예상을 뒤엎고 자동차 자동제어에 관한 전공서적이었다. 나는 그 책이 거룩하게 놓여 있는 것만으로도 그 젊은 수리공을 신뢰하게 되었다. 그뿐이 아니다.

테이블 위에 놓인 영어로 된 낡은 포켓북은 카네기의 책이었는데 오래되어 너덜너덜할 뿐 아니라 넘겨보니 단어를 찾아 써놓고 밑줄을 그은 흔적이 있었다.

나중에 수리를 다 마치고 들어온 젊은 수리공에게 이 책 참 좋은 책이네요, 했더니 어떻게 아시냐고 하며 영어공부도 되고 살아가는 데 도움을 많이 준다 했다. 나는 읽어보던 구절을 펴보이며 '논쟁을 일으키지 말라. 남을 비판하지 말라. 비난하지 말라. 불평하지 말라'를 다시 뇌었다. 너무 유명해서 잊고 있었던 카네기의 지혜가 그 젊은이의 밝은 표정과 같이 다시 빛나보였다. 그 책을 알아보아준 덕분으로 수리비의 10퍼센트 할인을 받았다. 그것보다 더 큰 것은 내가 본 젊은이에 대한 신뢰와 희망이었다.

작은 꽃의 의미

여행지에서 아무 용건 없이 엽서를 보내줄 친구가 있다면 행복한 사람이라는 말이 있다. 요즘에는 편지나 엽서를 보내는 것보다 메일을 보내는 것이 일반적이고 메일도 번거로운 것 같아 문자메시지로, 카톡으로 하게 되지만 어쩐지 허무하다. 개인적인 교류보다는 거기서 수없이 복제되고 배포되는 정보와 소식들이 마치 휘발성이 있는 것 같다. 인간관계조차도 손의 터치 하나로 지워지는 것이 아닌가 불안하다.

얼마 전 친구로부터 엽서와 책이 든 작은 택배를 받았다. 자주 만나지는 못하지만 만나면 경계감 없이 속을 터놓게 되는 친구인데 어머니의 두번째 기일이 다가오자 내 심정을 헤아리고 책을 한 권 보내온 것이다. 정말 이번 겨울의 유난한 추위와 눈이 나에게는 깊은 슬픔을 가져다주었다. 누구와도 같이 나눌 수 없는 비애가 차오르는데 엄마를 여읜 어린애 마음이 징징 울고 있다고나 할까.

친구가 보내온 책은 아름다운 패션 사진집이었는데 스콧 슈만이라는 사진작가의 블로그를 책으로 만든 것이었다. 손에 잡히는 적당한 크기의 책을 넘기며 행복감이 차오름을 느꼈다. 유명 패션이나 명품 옷을 입은 모델이나 배우들의 사진이 아니라 세계의 도시에서 만난 생동감 있는 거리패션이었다. 꼭 젊고 아름다운 몸매의 사람들뿐만 아니라 자신의 개성을 잘 드러내며 누구와도 같지 않은 스타일을 보이는 사람들의 표정과 모습을 포착한 것이 특별한 즐거움을 가져다주었다.

"사람들이 타인의 영향을 받지 않고 각각 영감을 얻어" 표현한 것을 발견해 보여준다. 소매가 다 해진 낡은 양복을 입은 사람, 벼룩시장에서 5달러 주고 산 가운으로도 독특한 멋을 낸 남자의 표정, 양복에 작은 꽃 액세서리를 단 남자, 누덕누덕 기운 바지를 입은 남자의 당당함, 일반적으로 어울릴 것 같지 않은 컬러와 질감을 매치시킨 매력을 끌어내 보여준다. 그 모든 것이 옷보다는 자신을 나타내는 데 주저함이 없는 자기존중감과 자유로움의 눈빛이었다.

그 사진집을 보며 신기하게도 내 맘속 슬픔이 녹아내리는 걸 경험했다. 또 나를 자연스럽게 옛날로 이끌어다주었다. 모두가 빈곤했던 시절, 엄마는 아버지의 헌 양복을 뜯어 딸의 치마를 만들어주었는데 그 칙칙한 잿빛 치마 밑단에 붉은 우단 천을 대어 이 세상에 하나밖에 없는 치마로 재탄생시켰고 남루함을 뛰어넘게 해주었다. 헌 털옷을 풀어서 다시 떠준 스웨터 주머니엔 작은 꽃을 수놓아주었다. 그 작은 꽃들은 별처럼 빛났었다.

그 작은 꽃들은 개성이었고 자유로움이었고 자신감이 아니었을까. 어머니가 딸들에게 애써서 심어주려고 한 것이 아니었을까. 남 따라하지 말고 자신을 사랑하라는 뜻이 아니었을까. 어머니의 그 눈빛이 그립다. 그리고 감사한 마음이 가슴에 벅차오른다.

몸살하는 시간

뭔가 아슬아슬하긴 했다. 그러나 그렇게도 금세 몸으로 나타날 줄은 몰랐다.

지난주 여러 가지로 무리를 하긴 했지만 그래도 괜찮아, 너는 할 수 있어, 이 정도는 아무것도 아니야, 모두들 도와주잖아 하면서 자신을 타일렀다.

그러나 모든 일이 끝나자마자 겨우 받쳐놓았던 고임돌이 빠져나가듯이 몸의 균형이 깨져버렸다. 집으로 오는 길에 지하철 계단을 걸어내려가기가 겁이 나 택시를 탔다. 타자마자 참을 수 없이 심한 멀미가 나서 택시 운전사에게 비닐봉지가 없냐고 하니까 뒤 트렁크에 있다며 곁에 차를 세우겠다고 했다. 강변도로였고 마땅히 차를 세울 데도 없는데 그렇게 말해주는 기사분이 참으로 고마웠다. 나는 조금만 참아보겠다고 하면서 창문을 열었다. 지퍼백을 핸드백에 넣고 다니면 긴요히 쓰일 때가 있다던 누군가의 말을 흘려들은 걸 후회했다. 아이들 임신하여 입덧을 할 때 말고는 그렇게 심한 멀미는 처음이었던 것 같다. 한파가 몰려오는 매서운 한강 바람이 들어왔다. 차가운 바람이 가슴 깊숙이 들어오니까 구토감은 잠시 멎었지만 집에 올 때까지 지옥과 같은 시간이었다.

'뭐가 크게 잘못된 거야.' 그렇게 잘난 척하더니 잘됐어 하며 스스로를 책망하며 약을 올렸다. 나중에 동생이 내 증세를 들어보더니 요즘 겨울철에 유행하는 바이러스로 식중독의 일종이라고 했다. 텔레비전 뉴스에서도 나왔다고 했다.

그러나 몸살하는 시간도 헛되지는 않았다. 누워서 아무것도 먹지 못하고 속을 비우며 시간을 보내니 머리가 맑아지는 것을 체험했다. 고열과 두통이 나지 않은 걸 감사해했다. 누덕누덕 기름기를 달고 다니던 뱃살이 홀쭉(개그콘서트 수준이다)해지고 무엇보다 멀쩡한 모든 사람들이 다 대단해 보였다. 진심으로 낮추어지는 자신을 느꼈다. 지어먹은 겸손도 아니고 괜한 자괴감 같은 것도 아니다. 편안하게 아주 첫걸음부터 다시 시작할 수 있는 마음이 생겼다고나 할까.

이불 속에서 〈토일렛〉이란 영화를 보았다. 내가 좋아하는 일본감독의 영화인데 일본인 엄마가 죽은 뒤 남은 세 남매의 이야기다. 공황장애로 자폐가 된 피아니스트, 비싼 변신로봇 수집광, 잘난 척하는 딸, 그리고 말이 통하지 않는 일본인 할머니, 좀처럼 가까워질 것 같지 않던 그들에게 작은 실마리가 가족을 이어주었다. 엄마가 쓰던 재봉틀과 엄마가 해주던 만두, 그걸 할머니와 같이 나눔으로 이어진다. 모래알처럼 소통이 되지 않던 가족이 그 오래된 물건과 음식으로 이어지는 순간, 영화 속 이야기가 아니라 우리집 안방과 주방에서 일어나던 일이기도 해서 감동하며 바라보았다.

화장실에 자주 드나들다보니 그 영화 제목에 끌렸는지 모르지만 몸살하는 시간도 그리 나쁘지만은 않다.

나의 사랑하는 생활

나는 차를 타고 강변북로 달리는 것을 좋아한다. 새벽비에 젖은 물기 어린 도로 위에 하늘이 비치면 푸른빛의 길이 된다. 길은 강물과 비슷한 빛깔이 되어버린다. 그 위를 달려갈 때 라디오에서 바흐나 모차르트의 음악이 나온다면 더욱 좋다. 나는 그 순간을 아주 좋아한다. 얼어붙어 있는 겨울 강도 좋아한다. 그 언 강의 긴장감을 즐긴다. 그 강물을 보며 바이올린의 선율을 들을 때는 내가 이 세상에 존재하는 것이 정말 감사하다. 광나루를 지날 때마다 육십여 년 전 어머니가 전쟁통에 열무를 팔러 나오셨다는 이야기를 생각한다. 나도 이유는 모르지만 그곳을 지날 때면 그 생각이 난다.

봄이 오고 강물이 풀리면 물결이 햇빛에 반짝거리는 것을 보는 것을 좋아한다. 마치 강물 소리가 들리는 듯 그 움직임에 마음도 잔잔하고도 부드럽게 움직이는 순간을 좋아한다. 내가 좋아하는 사람들과 나에게 고맙게 해준 사람들을 기억하면서 그들을 위해 저절로 기도하게 되는 시간을 좋아한다.

나는 숲길을 걷는 것을 좋아한다. 먼산보다는 가까운 뒷산의 조용한 숲길에 멈춰서서 숲의 움직임과 정령을 느끼는 것을 좋아한다. 흙을 밟는 것을 좋아한다. 나무와 바위를 좋아한다. 새소리를 좋아한다. 딱따구리가 키 높은 나무에 못을 치는 듯한 소리를 내는 것을 좋아한다.

가족을 위해 음식을 하는 것을 좋아한다. 채소를 다듬는 것을 좋아한다. 시금치나 아욱, 모시조개를 넣은 슴슴한 된장국을 좋아한다. 흙탕물과 같은 빛깔이지만 몸 전체를 순하게 하는 그 부드러운 맛과 시금치의 바랜 초록빛을 좋아한다.

아침신문을 좋아한다. 신문을 보다가 그 신문지를 이불처럼 얼굴에 덮고 자는 짧은 아침잠을 좋아한다. 그 아주 오래된 버릇을 좋아한다.

여자들이 멋내는 것을 보는 것을 좋아한다. 무심하게 풍기는 멋이 있는 여자들을 좋아한다. 너무 가까운 것보다 조금 거리를 두고 바라보는 것을 좋아한다.

나는 나의 시간과 기운을 다 팔아버리지 않고, 나의 마지막 십 분지 일이라도 남겨서 자유와 한가를 즐기는 생활을 하고 싶다.

고운 얼굴을 욕심없이 바라다보며 남의 공적을 부러움 없이 찬 양하는 것을 좋아한다.

오랜만에 피천득의 수필 〈나의 사랑하는 생활〉을 다시 읽었 다. 그리고 꼭 비슷하게 흉내를 내는 글을 쓰고 싶었다. 여러 번 읽으면서 놀라운 것을 발견했다. 사랑하고 좋아하는 것만 있었 지, 불만스러운 것 싫어하고 미워한다는 말은 한마디도 들어 있 지 않았다. 그런데도 그 글이 조금도 낡지 않고 시대에 뒤떨어지 지도 않고 여전히 빛나고 있는 것이 놀라웠다.

혼자 핀 복수초

오지 않을 듯이 주춤주춤거리더니 봄이 온다. 먼지를 뒤집어
쓴 천덕꾸러기 잔설도 녹아버리고 물기를 품은 흙과 검부락지
사이에서 연둣빛 새 움이 돋는 것을 매일매일 발견하게 된다. 지
난해 겨울, 땅 얼기 전에 구근을 심은 튤립도 아기 입술처럼 얼
굴을 내밀고 상사화 붓꽃 크로커스 은방울꽃 수선화의 새싹까
지 시간의 약속을 지킨다. 산수유 봉오리가 터질 듯이 개화를
앞두고 있다. 늘 나오던 지점에서 맨 먼저 꽃을 피워주었던 복수
초가 나오지 않아 매일 아침 일어나 눈독을 들이고 있었는데 햇
볕 좋은 봄날 오후 뜻밖의 장소에서 한 송이가 핀 것을 발견한
다. 새가 씨를 물어다주었는지 철쭉 사이에서 보란 듯이 선명한
노란빛을 띤 것을 보고 소리를 지르고 혼자서 깡충깡충 뛰었다.

이렇게 자연은 뜻밖의 선물을 주기도 한다. 동생한테 사진을 찍어 보냈더니 우연의 일치인가 강화도에 갔는데 마침 복수초가 많이 핀 것을 보고 감탄하고 있던 참이었다고 한다. 그래서 사진으로 서로 화답송을 주고받았다. 그렇게 봄이 오고 있다.

얼마 전 특집 시리즈로 방영되고 있는 〈공부하는 인간〉이라는 프로그램을 본 적이 있다. 중국 일본 한국 학생들이 공부에 몰두하는 모습을 비교적으로 보여주고 있었다. 중국 한 지방의 고등학교에 대학입시를 앞둔 여학생이 공부하는 모습이 어찌나 진지한지 참 예뻤고 기특했다. 그애 아버지는 시골에서 힘든 농사일에 찌들어도 딸의 교육을 뒷바라지해주는 보람과 희망으로 얼굴은 빛나고 있었다.

일본은 동경대학의 합격자 발표 장면을 축제처럼 보여주고 있었다. 방을 붙이는 그 순간을 보러 오는 세리머니가 굉장했다. 희비가 엇갈리지만 숙연했고 동경대의 권위와 영광과 희망을 위해 전통을 고수하는 장면이 좀 질려버릴 지경이었다. 일류대학이 순수하게 존중받는 그 사실은 부러웠다.

그런데 우리나라는 무엇을 보여줄까 궁금했는데 대치동의 학원가와 그 치열한 경쟁 분위기를 보여주었다. 아이들이 공부하는 모습보다는 학부모, 주로 엄마들이 모여 앉아 교육 토론을 하는 모습이었다. 나는 얼굴이 화끈했다. 자식 교육에 열성을 보이는 엄마들의 세련된 모습에도 불구하고 진정성이 보이지 않았다. 우선 공부하는 주인공은 학생이지 엄마가 아니지 않은가?

분명 우리도 가슴 찡하는 장면들이 있을 것이다. 이 나라 교육이 대치동에서만 이루어지는 건 아니라고 생각한다. 아이들을 입시에 성공시키는 전략만 교육이라고 말할 수 있는 것이 아니다. 창의성은 예상하지도 못한 곳에서 튀어나온다.

뜻밖의 장소에서 동떨어져 혼자 피어오른 복수초를 들여다보니 어딘가에서 혼자 꿈꾸며 공부하는 아이가 있다면 축복을 보내주고 싶다. 오롯이 혼자 꿈을 키우는 아이가 있었으면 좋겠다.

가서 밥을 해주어라

어느 일요일 아침이었다. 평소 어머니를 존경하고 좋아하는 후배가 미리 약속도 없이 집에 찾아왔다. 어머니께서 살아 계실 때 일이다. 어머니는 약간 당황을 하면서도 아무렇지도 않게 손님을 맞아들여 차를 대접하게 했다. 사십대 중반이나 되었을까. 사회적으로 성공한 전문직이었을 것이다. 나는 내 방에 들어와 있으면서도 뭔가 아주 힘든 일이 있어서 일요일 아침 예고도 없이 찾아온 것이라는 짐작은 갔다. 긴요한 일로 온 것치고는 오래 머물지 않고 갔는데 자세한 이야기는 하지 않으셨지만 나중에 그 말씀만 했다. 결혼 생활이 도저히 견딜 수 없어서 뭔가 조언과 위로의 말을 청하러 왔기에 우선 가서 집안 식구들 밥을 해주어라 하며 보냈다는 것이다. 그 이후로 그분의 결혼 생활이 파

경이 났다는 말을 듣지 못했고 훌륭하게 제 일과 가정을 꾸리고
있다는 걸 알고 있다.

나는 가끔 그 생각이 나곤 한다. 어머니의 준엄한 말씀,

"가서 밥을 해주어라."

주변이 마음에 들지 않고 남의 탓을 하면서 내 할 일을 하기
싫을 때 그 말씀을 떠올리며 정신을 차리게 된다.

지난주에는 참으로 경사스러운 일이 있었다. 그것은 로마에
서 온 소식인데 새 교황이 선출되는 기쁨이었다. 전 교황이 스
스로 물러났던 것도 감격스러웠는데 새 교황이 선출되는 과정
이 신선한 감동을 가져다주었다. 케케묵은 방법이지만 그걸 오
랫동안 지켜왔다는 질서 자체가 아름다웠다. 종교를 떠나서 그
하얀 연기는 모든 사람을 안심시키게 하는 무언가가 있었다.

"가난한 사람. 가난한 사람. 이들을 생각하니 곧바로 아시시
의 프란치스코가 떠올랐습니다. 그리고 개표가 끝날 때까지 숱
한 전쟁을 생각했습니다. 프란치스코는 평화의 성인이기도 합니
다. 그렇게 '아시시의 프란치스코'라는 이름이 내 마음으로 들어
온 겁니다." 그러면서 그는 "가난한 이를 위한 가난한 교회가 얼
마나 좋은가" 하고 탄식하듯 말했다고 한다. 가난한 교회라는
말이 강력한 교회라는 말보다 더 믿음성스럽게 다가온 것은 왜
일까.

교황은 추기경 시절에도 버스로 출근하고 검소한 집에서 살며 손수 음식을 준비했다고 한다. 이코노미 클래스의 비행기를 타고 로마에 온 그가 교황으로 선출되고도 버스를 타고 숙소로 돌아가는 모습은 숙연하리만치 좋아 보였다. 바티칸 광장에 모인 사람들에게 교황은 첫 강복을 주면서 "언제나 우리 자신을 위해서 기도합시다"라고 한다. 세계평화를 위해서가 아니었다. 환호하는 인파를 향해 "저를 위해서 기도해주십시오" 하면서 군중에게 침묵의 시간을 갖게 하는 장면은 참으로 감동적이었다.

세상이 점점 나빠지고 험악해지고 더러워진다고 한탄을 하는 목소리가 거세었는데 교황의 평범한 얼굴이 이렇게 마음을 편안하게 하다니 신비롭기만 하다.

어머니의 『한 말씀만 하소서』에 나온 구절이 떠오른다.

"밥이 되어라, 밥이 되어라."

문득 김수환 추기경님의 모습과 어머니의 목소리가 겹쳐진다.

엄마의 힘

"사람은 어려울수록 잘 먹어야 된다."

나는 엄마의 그 말에서 뭔가 심상치 않은 결기 같은 게 느껴졌
는데 실제로 그날의 삼겹살을 시작으로 엄마는 거의 한끼도 빠
짐없이 고기를 상 위에 올렸다.

살다가 모든 일에 실패한 나이든 자식들이 엄마의 집에 기어
들어와 살게 된 소설 속 장면 중에 하나이다. 『고령화 가족』이
란 제목의 소설인데 영화로 나온 이후 책꽂이를 뒤져 다시 읽어
보게 되었다. 멀쩡한 사람은 하나도 없는 막장 괴물 같은 가족인
데도 엄마가 늙은 자식들을 먹이는 장면에서는 신성한 기운 같
은 것이 느껴지는 것이었다. 더 어려울 때도 있었다고 스스로 위

로하는 엄마, 낡고 좁은 집에 사는 엄마도 결코 넉넉하고 편안한 상황이 아닌데도 먹이는 사람의 위치가 되니 당당해졌다. 돼지고기를 구워 입이 터지게 쌈을 해서 먹는 장면에서는 활기와 식욕까지도 전파되어 부러움마저 우러나게 했다. 파산에 알코올 중독자가 된 주인공은 한때 잘나가는 영화감독이었는데 실패를 거듭해 오갈 데가 없고 어찌할 수가 없어 엄마 집에 온 것이다. 게다가 이미 엄마 집에는 감옥에서 나와 엄청나게 먹어대기만 하는 비만한 형과 생활이 복잡한 여동생과 조카, 하나도 온전한 사람이 없다. 나중에 알고 보니 핏줄도 다 다르다. 그러나 그걸 감싸주고 함구하고 삼겹살이라도 넉넉히 먹여주는 엄마의 힘이 놀라웁다. 주인공이 쓰레기 분리수거함에서 주운 헤밍웨이 전집을 간간이 읽는 것으로 다른 가족들과는 다르게 공부를 많이 했다는 표징이 된다. 마치 헤밍웨이 문학이 주인공을 추락하지 않게 떠받치는 안전판 역할을 해주는 것 같다. 나는 그 소설을 보면서 세상을 구하는 것은 맘마(또는 엄마)와 책이 아닌가 하는 생각을 하게 되었다.

책을 다 읽고 나서 다시 책의 앞머리로 되돌아간다.

언제나 텅 비어 있는 컴컴한 부엌에서
우리의 모든 끼니를 마련해준 엄마에게

천명관 작가가 책을 내며 바치는 헌사이다. 그런데 얼마 전 런던에서 테러범과 맞선 용감한 아줌마의 뒷모습을 보며 그 엄마의 결기가 공통적으로 떠오른 이유는 무엇일까?

피가 뚝뚝 떨어지는 칼을 든 살인자를 대면하게 한 용기는 어디서 나왔을까? 자식들을 키우려고 안 해본 일이 없이 다 해본 이 대단한 아줌마는 자기 몸을 희생하더라도 인근 초등학교의 아이들을 생각한 자연스러운 행동이었다고 한다.

영웅심이 있었던 것도 아니고 모두가 자기 자식일 수 있다는 진정한 엄마의 사랑이 두려움을 몰아내고 용기를 가져다준 것이 아닐까?

북촌의 봄밤

지난주 나는 특별한 행사에 초대받았다. 지하철 안국역에서 내려 북촌길을 걸어올라가면서 아트링크라는 갤러리를 찾아간다. 이름과는 달리 한옥을 개조한 화랑이었다.

전시 하나를 보는 것도 인연이 있는 것 같다. 지난 2010년 초에도 백남준 아트센터에 가게 되었는데 그날이 백남준의 4주기가 되는 날이어서 미술관에 마련된 제사상에 절을 하게 되었다. 일면식이 없는 백남준의 제사에 참예하게 된 것도 그렇지만 파격적이고 앞서가던 예술가의 추모 형식이 너무나도 범부의 제사상과 닮아 있어 오히려 신선하게 느껴졌다.

이번 전시는 백남준 문화재단 후원의 밤 형식이었는데 전시된 백남준의 크레파스 스케치도 경쾌했지만 진행 퍼포먼스가 재미있었다. 후원에서의 간단한 저녁은 해초와 푸른 나물을 넣어 만든 주먹밥이었는데 색깔도 아름다웠고 도자기로 된 접시에 담아 먹게 한 것이 정중해 보였다. 그 흔한 일회용 플라스틱 접시가 아니라서 마음에 들었다. 도예가 신경균의 상차림이라고 한다.

황병기 선생님의 기획으로 이루어진 프로그램은 〈버들은〉이라는 여창가곡으로 시작되었는데 1960년대 백남준이 우리 음악 중에서 가장 느리고 지리한 음악이 무엇이냐고 해서 알려주었던 것이라고 한다. 그렇게 앞서가던 백남준이 가장 느리고 지루한 음악을 알고 싶어한 까닭은 무엇일까? 그는 그때 이미 느림의 미학을 알아버린 것이 아닐까? 백남준은 알면 알수록 놀라움의 샘을 지니고 있다고 한다. 그가 없었으면 네트워크의 세계와 비디오 아트의 발전과 휴대폰의 세계가 펼쳐지지 않았다고 한다.

상현달이 중천에 뜨고 있는데 얼굴에 하얀 칠을 하고 한복을 입은 여자가 나와 〈아리랑〉을 부른다. '잠시 잠깐 님 그리워서 나는 못살겠네 아리랑 아리랑.'

〈아리랑〉에 이어서 한옥의 기둥 사이로 하얀 옷을 입은 무용가 안은미가 나온다. 반대편에서 영상이 쏟아지는데 무용수의 몸 자체가 화면이 된다. 백남준의 여러 얼굴이 빠르게 겹쳐지니 백남준의 혼을 무용가의 몸에 덮어씌운 것 같다.

맨발 끝까지도 하얀 칠을 하고 걸어나오는데 상체는 벗은 것이 아닌가. 긴 가발과 머리 장식뿐 아니라 젖과 젖꼭지의 회칠은 알몸보다 더 알몸 같기도 하고 뭔가 뜻하지 않은 것을 불러일으키는 충격이 느껴졌다. 안은미는 한옥 마당 달빛 아래서 춤을 추더니 허스키한 소리로 백남준을 외치면서 관객을 향해 이름이 적힌 까만 종이를 던진다.

자연이 아름다운 이유는 아름답게 변하기 때문이 아니라 단지 변하기 때문이다.

나는 텔레비전으로 작업을 하면 할수록 신석기시대가 떠오른다.

북촌의 봄밤은 아름답고도 특별했다. 과거와 현재와 미래가 조응하면서 창조적인 정신이 용솟음치는 듯했다.

최순우 옛집에서

한 해의 반을 지나온 6월은 중간점검의 시기이기도 하다. 녹색의 풍요도 정점에 달하고 하지를 앞두어 길어지는 낮시간이 꼭짓점에 달하는 계절이다. 밤꽃 향기가 머리를 어지럽히고 달맞이꽃의 노란빛이 순수에 이르고 새들은 저마다의 음색으로 재재거린다. 얼마 전 성북동에서 있었던 작은 축제가 떠오른다. 최순우 옛집에서 휴먼라이브러리가 되어달라는 요청이었다. 처음에는 감이 잡히지 않았는데 최순우의 성북동 집에 초대받았다는 기쁨으로 응하고 말았다. 그 한옥 마당에서 행사가 진행되었는데 나는 참여한 사람들이나 자원봉사하는 사람들, 학예사들의 정성과 순수한 열정에 감복하게 되었다. 세상은 거칠어 보여도 이런 사람들의 노력으로 아름답고 부드럽게 흘러가고 홀

류한 옛사람의 기억을 잊지 않고 있어 그 발걸음이 더딘 듯해도 올바른 길로 가게 되는구나 하는 생각이 들었다.

더구나 그 행사에서 만난 이충렬 전기작가에게 받은 『혜곡 최순우, 한국미의 순례자』를 완독하고 나서 뿌듯한 감동으로 책을 덮지 못했다.

개성의 송도고보 출신으로 고유섭을 만나 박물관에 발을 디딘 이후로 국립박물관장이 되고 성북동 집에서 돌아가시기까지의 풍모를 보여주는 일화와 글들, 문화재를 지킨 숨겨진 이야기에 빠져들게 했다. 간송 전형필, 호림미술관을 세운 개성 부호 윤장섭과의 인연들이 어찌나 아름다운지 몰랐다. 한 생애가 우리 박물관의 역사이기도 했고 우리 문화를 빛나게 한 노고의 역사였다. 고려청자의 아름다움 못지않게 그 아름다움을 발견하고 지켜온 사람들의 이야기가 더 훌륭하였다. 우리 문화의 가치를 발견하고 진정으로 부가 아름답게 쓰여지는 순간이었다.

특히나 6·25 전쟁중 박물관이 살아남은 역사가 소상히 그려져 있어 가슴이 저려왔다.

노끈도 새끼줄도 촛불도 없는 죽음의 고궁 속에서 나는 뜰에 끊겨져 흩어진 군용전선들을 걷어다가 이들 기록 문서들을 단지 혼자서 한밤내 묶어내야만 했다.

『무량수전 배흘림기둥에 기대서서』의 그 탁월한 명문은 거저 나온 것이 아니었다. 어려운 시기를 지내온 내공이 다 배어 있었으리라.

길고 가늘고 그리고 때로는 도도하면서도 때로는 슬프기도 한 청자의 긴 곡선의 아름다움이나 의젓하고 어리광스럽고 때로는 착실하고 건강한 조선자기의 모습, 헤벌어지지도 않고 뽐내지도 않고 번쩍이지도 않는, 그리고 호들갑스럽지도 수다스럽지도 않은 아름다움이 바로 은근으로 이어지는 길이다.

소박하면서도 단아하고 자존심이 있으면서도 겸손하고 정성을 다하면서도 호사스럽지 않은 한옥 마당에 깃들어 있는 정신의 흐름이 느껴지는 자랑스러운 순간이었다.

수성동 계곡 물소리

서울 근교의 마을이라 야채를 파는 트럭 아줌마가 일주일에 세 번 아침마다 온다. 그날은 오이 가지 호박을 한 보따리 사게 되었는데 모두 어찌나 크고 싱싱한지 요즘 채소는 뭘 먹여서 이렇게 큰 거야 하며 저절로 중얼거리게 되었다. 가지는 푹 삶아서 나물을 해놓고 오이도 양파를 곁들여 무침을 해놓고 새우젓을 넣은 호박나물에다가 마당에 불쑥불쑥 올라오는 머윗대를 뽑아 푹 삶아 껍질을 벗기고 초고추장으로 무침을 해놓으니 식탁이 가득한데 뭔가 빠진 것 같았다.

손이 많이 가지만 몸에 좋은 밥상을 차려놓고 뭔가 빠진 듯한 느낌을 어떻게 설명해야 할까? 늘 그랬던 것은 아니지만 싸고 흔하니까 잔뜩 사서 차려놓고 문득 든 생각이다.

평일인데 아침나절 작은아이가 전화를 했다. 하루 휴가를 냈다면서 엄마와 같이 지내고 싶다고 한다. 기특하다고 해야 할지 황송하다고 해야 할지 아무튼 갑자기 야채만 그득한 아침상의 지루한 일상에 스타카토와 같은 변화가 느껴져 서둘러 아이맞을 준비를 한다. 도시의 직장 생활에 바쁜 젊은이가 여유 있어 보이는 엄마의 삶이 그리웠나보다.

나는 아이(서른이 넘은)와 시내 외출을 한다. 아이는 엄마에게 하루를 보낼 선택권을 주었으니까. 지난해부터 가고 싶었지만 불쑥 혼자 가지 못한 곳, 서촌 옥인동 골짜기를 같이 찾아간다. 겸재 정선의 그림에 나오는 수성동 계곡이다. 서울 토박이인 친정아버지의 고향이기도 한데 아버지는 그 옥인동 골짜기에서 여름이면 맑은 물에 온몸을 담그고 물고기를 잡았다고 했다. 어릴 적 들은 이야기는 실체가 사라져버린 태곳적 이야기만 같아서 상상을 할 수가 없었다. 경복궁역에서 인왕산을 바라보며 서쪽으로 들어가면 꼬불꼬불한 골목길인데, 마을버스를 따라 올라가면 종점인 수성동 계곡으로 이르게 된다. 처음으로 맞닥뜨린 풍경이 탄성을 자아내게 했다.

물소리라는 뜻의 수성동 그리고 눈앞에 다가온 인왕산 암벽의 위용이 놀라웁다. 아버지의 고향이기 때문일까. 그 공간에서 친밀감이 깊게 다가온다. 복원을 한 거라지만 겸재의 그림 속에 나오는 통돌다리 기린교도 신비로울 정도다. 겸재의 장동 8경을 그린 포인트를 알려주는 지도 앞에 서니까 고맙게도 역사와 문화의 자존심을 느끼게 해준다. 좁고 깊은 바위의 틈새로 흐르는 물, 지금은 그리 많이 흐르지 않았지만 물소리를 상상해본다. 청계천의 발원지였던 곳. 아직도 서민아파트가 남아 있지만 우리 삶의 흔적이라 그 계단조차 정겹다. 아이와 옥인동 종점 커피집에 앉아 하염없이 인왕산을 바라본다. 할머니는 현저동에서 저 인왕산을 넘어 사직동에 있는 초등학교를 다녔단다. 지금은 잘 정비된 등산로와 계단이 있지만 그 시절엔 호랑이가 나온다는 깊은 산이었단다.

장마가 지면 물소리를 들으러 수성동 골짜기에 다시 오고 싶구나.

무엇이 시간 낭비일까?

내 자신의 바뀐 습관에 스스로 놀랄 때가 있다. 혼자서 텔레비전 채널을 돌리다가 야구중계에 멈추어 그걸 즐기고 있는 것이다. 관심도 취미도 없는 스포츠 중계를 어거지로 같이 보아야 하는 시간이 내 인생의 낭비라고 생각했던 때가 있었다. 그 시간에 내 마음대로라면 영화나 드라마나 여행 프로그램을 보았을 텐데 하며 가족과의 구순한 평화를 위해 큰 희생을 하고 있다고 생각했다. 그런데 지금은 혼자서도 프로야구를 찾고 있는 내 모습이 아무래도 우습다.

게다가 지금은 이미 바뀌었지만 흑인 야구감독이나 멕시코 출신 선수의 팬이 된 적도 있으니 남자들의 스포츠 마니아를 한심한 눈으로 보아왔던 내 관점도 완전히 변해버린 것이다.

그들의 단순한 미소와 야구감독의 아버지 같은 애타는 눈빛과 야구선수들이 날리는 호쾌한 공을 따라가다보면 남자들이 낄낄대며 버티며 살아온 힘이 그 단순함 그 유치함에 있지 않았나 감탄까지 하게 된다.

뿐만 아니다.

"평범한 것을 안일하게 생각하면 큰 실수를 하게 되지요." 공을 놓치는 실책을 범하는 순간 곁들여지는 해설자의 말을 들으면 무엇에든 참 배울 점이 많다는 생각을 하며 고개를 끄덕이게 된다.

요즘 야구장을 채우고 있는 젊은 여자들을 보면 내가 변한 것이 아니라 시대조류에 따라 나도 모르게 취향도 바뀌게 된 것이고 그 물결에 올라탄 것뿐일 수도 있다.

지난주부터 해운대의 아파트에서 며칠 쉬면서 빈둥빈둥 지내게 되었다. 새벽에 눈이 떠져 자주 오르던 장산에 오른다. 장마중이라 습기를 잔뜩 머금은 나무들이 펄펄하다못해 공격적이기까지 하다. 여러 가지 향기가 섞인 숲의 공기가 달콤한 숨을 쉬게 한다. 뱀딸기와 자귀나무꽃이 안개 속에서 요염하게 빛난다. 오늘은 유난히 절에 오르는 사람들이 많다. 다른 등산로도 있지만 나도 모르게 절로 향한다. 숲을 울리는 관세음보살의 리듬이 할머니의 오래된 기억으로 데려다준다. 뒤꼍 화장실로 가는 길까지 수국과 산수국꽃이 만발한 것을 보니 마음이 넉넉하고 풍성하여진다.

게다가 절 앞마당에서는 잔칫날처럼 차양을 치고 신도들에게 꼭두새벽부터 밥을 대접하고 있다. 불상 앞에서 두 손을 모으고 정성 들여 절을 하고 있는 늙은 아주머니들의 옆모습이 숙연하다. 따져보니 음력 6월의 초하루였다. 마구 변하는 세상 속에서도 변함없이 지성껏 빌어주는 두 손이 있기에 아슬아슬한 위기의 순간들을 잘 넘기는 것이 아닌가 감사하게 된다.

함께 들고 가는 가방

삼십 년 가까이 지난 일이지만 선명한 기억이 있다. 친구들 중에서 나와 가까운 친구가 가장 먼저 결혼식을 올렸다. 그 친구는 결혼식을 마치고 곧 미국에 유학을 떠나기로 되어 있었다. 코리아나 호텔에서였는데 호텔 결혼식이라고 해서 호화로운 것도 아니었다. 그 당시 흔히 가던 신혼여행지인 제주도로 가지 않고 소박하게 가까운 온천으로 가게 되었다. 주변에 승용차를 가진 사람이 아무도 없었다. 나와 신랑 신부는 가방을 들고 시청 앞 지하도를 건너고 또 길을 건너 을지로3가에 있는 시외버스 터미널까지 걸어가게 되었다. 나는 신혼여행에서 돌아오면 곧 떠나야 되는 친구를 배웅하고 싶어 줄줄 따라나섰다.

가방은 무거웠다. 요즘 같으면 바퀴 달린 가방을 가볍게 끌거나 배낭을 메었으리라. 그렇다고 내가 들어줄 수도 없었다. 결국 신랑 신부가 같이 가방을 들 수밖에. 그때 내 입에서 저절로 나온 말이 있다.

"결혼이란 게 이렇게 같이 가방을 들고 가는 거네요."

친구의 신랑은 무심히 튀어나온 내 말에 순간 감동을 했다. 키만 비쩍 컸던 신랑은 "맞아요, 바로 그거예요" 하며 맞장구를 쳤다.

그후 그 친구 부부는 미국에서 학위를 마치고 돌아와 좋은 직책을 갖고 훌륭히 아이를 키우고 잘 살고 있다. 그후에도 나를 만나면 친구의 남편은 어김없이 그 이야기를 한다. 어려운 일이 생길 때면 내 말을 생각했노라고.

대단한 말도 아닌데 감동을 했던 친구의 신랑은 그만큼 아내를 신뢰하고 존중했다고 생각한다. 아내가 예쁘면 처갓집 말뚝에도 절을 한다는 옛말이 있지 않은가.

같이 들고 가는 가방 속에는 피크닉 가방처럼 즐거움과 놀라운 이벤트만이 들어 있지 않다. 가방을 같이 꾸리는 것도 쉬운 일이 아니다. 가방 속에 무엇을 넣을 것인가 뺄 것인가로 다툼이 일어나기 쉽다. 바로 그 다툼과 갈등을 흔히들 성격 차이라고 하지만 각자의 문화와 환경과 취향의 차이이기도 하다. 그때 차이를 인정하고 서로의 존재를 아끼고 존중하는 마음이 있다면 같이 가방을 챙기는 것도 즐거운 일이 될 수 있을 것이다. 이렇게 말하는 나 자신 역시 상대방에 대한 존중심이 생기기까지는 오랜 시간이 흘렀다.

때로는 가방을 내팽개치고 싶을 때가 많았다. 상대방 때문에 내가 드는 가방이 구질구질해 보일 때도 있었다. 어떤 때는 그 가방 속에 곤란한 부채나 청구서가 가득 들어 있을 수도 있다. 그러나 그걸 같이 책임지고 어려움을 극복한다면 의외의 선물을 받을 수도 있는 것이 결혼 생활이다.

뭐니뭐니해도 가장 어려운 가방은 아기 기저귀 가방이다. 그 가방을 사이좋게 잘 들고 갈 수 있으면 아기를 제대로 키울 수 있다. 내가 결혼 생활을 하면서 가장 감사하고 다행이었다고 생각하는 것은 아이를 기르는 책임을 공평하게 나누었다는 것이다.

두 사람이 상의하면서 아이들 키우는 문제를 고민하고 해결했던 그 자체가 결혼 생활의 결실이었던 것 같다. 그렇다고 마냥 좋았던 건 아니다. 어느 날 아이들 교육 문제로 잠을 이루지 못하고 뒤치며 끙끙대고 있을 때 남편은 나에게 "애들 밥만 해줘, 나머지는 내가 알아서 할게" 했다. 나는 그 말을 믿었다. 나는 약속대로 밥을 충실히 해주었고 남편도 그 나머지 약속을 지켰다.

가정에서의 역할 분담이라는 게 케이크를 나누듯이 분명할 수는 없지만 그 마음씀이 서로 위로가 되고 의지가 되었던 것 같다.

세상이 바뀌고 풍속이 달라지고 사람들 생각이 바뀌니 가방의 모습도 달라진다. 커다란 신혼여행 트렁크를 꾸렸던 시절은 구닥다리 추억이 되어버렸다. 간편히 각자의 짐을 어깨에 메고 배낭여행을 떠나는 요즘 신혼부부들을 보면 부럽기도 하고 걱정스럽기도 하다. 그만큼 각자의 가방을 들고 달아나거나 헤어지기도 쉽기 때문에.

각자의 존재와 자유로움도 인정하면서 가정을 꾸려가는 지혜를 터득하는 데 삼십 년 가까이 걸렸으니 지금 결혼하는 신랑 신부들에게는 그저 사랑과 축복의 눈길을 보내는 것으로 이 글을 마칠 수밖에 없다.

여름의 묘약

누군가 내 글을 보고 세상을 참 곱게만 보시나봐요, 긍정적인 면만 보네요, 하는 말을 들은 적이 있다. 내가 영향력을 끼칠 만한 대단한 글을 쓰는 사람도 못 되지만 그런 지적을 들으며 여러 가지 생각을 하게 되었다. 과연 나의 속맘이 그럴까? 정말로 긍정적이고 세상을 바라보는 눈길이 예쁘기만 할까?

참으로 거슬리는 것도 많고 눈길을 돌리고 싶은 것도 많고 분노와 욕설이 터질 것 같은 일이 많다. 그러나 글을 쓰는 순간 내 마음을 다스리게 되고 평정의 상태가 되려고 노력하게 된다.

이번 여름 발을 삐끗하는 작은 사고가 일어났다. 걸을 때는 오직 걷는 생각만 해야 한다는 외할머니의 준엄한 말씀이 스치

긴 했지만 이미 늦었고 그 이후에 일어날 일 때문에 걱정과 짜증스러움이 몰려올 뿐이었다. 이 염천에 발 묶인 부자유스러움, 그러나 다시 기본부터 시작하라는 메시지였나보다. 병원에 가서 휠체어를 빌려 타고 들어가 사진을 찍고 깁스를 하고 목발을 짚고 집에 오는 과정을 거치면서 몸이 늙어가는 것을 생각하지 않고 조바심을 내며 살아왔던 자신을 반성한다. 회복은 빠르게 되지 않았다. 깁스를 풀면 훨훨 걸을 수 있을 것 같았지만 느리게 조금씩만 나아졌다.

아직 완전하지는 못하지만 독감이 회복될 때와 비슷한 기쁨이 솟아오른다. 소중한 발을 위하여 열심히 걷기 연습을 해주어야 한다는 걸, 내 몸의 중심이 머리가 아니라 발바닥에 있다는 걸 깨닫게 해준다.

오래된 친구들과 북한산 계곡에서 하루를 지내자는 제안이 들어와 장맛비가 그치지 않았는데도 길을 나섰다. 발이 불완전하니 계곡 아래 백숙집에서 느긋이 하루를 보내자는 거였는데 친구들의 배려도 고마웠지만 구파발 삼천사 쪽의 북한산 풍광이 빼어나 감탄이 절로 나왔다. 지하철에서 멀지 않은 곳에서 이렇게도 깊은 산과 맑은 계곡의 맛을 느낄 수 있다니. 비가 푹 젖어 번들거리는 짙푸른 나무의 생명력을 들이마셨다. 계곡 초입의 허름한 천막집과 푸른빛을 띤 벼슬을 한 토종닭이 당당히

아마도 도봉산이나 우이동 계곡이었을 것이다.

돌아다니는 자연스러움, 아주 어릴 때 도봉산이나 우이동 계곡
에서 여름을 보냈던 그 풍경과 다르지 않은 편안함이 너른 바위
에 하염없이 앉아 있게 했다. 아버지는 하얀 내복 바람으로 계
곡에 몸을 담갔고 어린 딸들은 수영복도 없이 따라 들어갔다.
엄마는 한복 차림에 고무신을 신고 계셨지. 눈을 감으면 그 저고
리를 스쳤던 느낌이 살아날 것만도 같다.

최근에 나온 김화영 선생님의 프로방스 문학기행『여름의 묘
약』이 떠오른다. 북한산 너른 바위에 누워 그 책을 읽으면 좋을
것 같다. 그러다가 비가 오면 천막 밑에서 짧은 낮잠을 자는 것
도 여름의 묘약이 아닐까?

고독이 피서

고독처럼 산뜻하고 청량한 냉기가 없다는 것을 곧 온몸으로 느
끼게 될 것이다.

— 『노란집』 중에서

어머니의 글에서 발견한 구절이다. 이번 여름 더위가 십구
년 만의 더위라고 한다. 나는 1994년의 더위를 분명히 기억하고
있다. 김일성이 사망했다는 소식을 들은 것도 그해 여름. 세상이
절절 끓는 것 같았던 날에 믿을 수 없었던 뉴스가 괴기스러웠던
생각이 난다.

가족과의 피서 계획이 뜻하지 않게 취소되는 바람에 지난
며칠간 혼자서 지내게 되었다. 취소된 휴가가 서운하기보다는

내 마음 구석에는 조용히 집에 혼자 있는 것이 가장 좋은 피서법이란 생각을 하고 있었나보다.

나는 집 안 구석구석 서랍을 정리한다. 혼자 있을 때 하기 좋은 일 중의 하나다. 그러나 그것이야말로 마음이 내켜야 된다. 뒤죽박죽인 걸 뻔히 알면서도 아무데나 쑤셔넣는 악습을 되풀이하게 된다. 텔레비전 속에서는 정리의 달인이 나와 기가 막힌 정리법을 가르쳐주지만 볼 때뿐 금세 까먹는다. 나는 그저 서랍 속에 있는 걸 모두 들어내놓고 버릴 걸 버리는 것이다.

기념이 될 만하다고 끼워놓았던 비행기표나 여행지의 브로슈어들도 버린다. 끈이나 구슬이 떨어져나간 액세서리도 버린다. 늘어진 낡은 내의와 양말과 스타킹도 모두 버린다. 장 속마다 습기제거제 통이 이미 물을 다 먹어 굴러다닌다. 왜 그런 걸 끼어두고 살았는지 자책하면서 물건들을 버리는 일에 쾌감 같은 게 느껴진다. 때묻은 옷을 그대로 걸어둔 것에 곰팡이 난 옷도 들어내 세탁소에 보낼 것을 가려놓는다. 눈썹 위로 땀이 흘러내리지만 더위를 못 느낀다. 옷장을 정리해서 옷을 걸어놓으니 한나절이 가는 줄 모른다.

신이 나서 내친김에 냉장고 정리까지 하기에 이른다. 나같이 살림 서툰 사람의 가장 취약한 부분이다. 남은 김치와 냉동고에 굴러다니는 전을 넣고 전골을 해서 한끼를 해결한다. 맛도 그런대로 좋지만 냉장고를 허룩하게 만들어놓으니 기분이 개운하다.

가지를 삶아서 발사믹 식초에 무쳐놓고 오래된 동치미를 채쳐서 식촛물에 담가놓고 콩을 둔 밥에 곁들이니 여름 반찬으로 충분하다. 수박은 씨만 발려 주스를 해서 마시니 누구도 안 부럽다.

선풍기를 틀어놓고 느긋이 누워 헤세의 『정원에서 보내는 시간』을 읽는다. 백 년 전 독일 작가의 글이 이제야 내 눈에 편안하게 쏙쏙 들어온다. 혼자 여름을 보내는 시간이 주는 산뜻한 선물이다.

이 세상은 안타깝게도 이 고귀한 정신들이 지닌 충동이 / 다른 모든 사람의 충동을 결국에는 / 피와 폭력과 전쟁으로 이끌어 가기 때문이다. / (중략) / 그러므로 우리는 겸허해지자. / 될 수 있으면 충동으로 가득찬 시대의 흐름에 / 저 영혼의 고요함으로 맞서자.

꿈꾸는 여행

저 알래스카로 떠나요. 스페인에 배낭여행 갑니다. 하와이 갔다 옵니다. 아소산에 갔다 올게.

가까운 가족과 지인들이 여행을 떠난다고 문자를 보내거나 전화를 해왔다. 내가 가본 곳도 있고 아직 가보지 않은 곳도 많지만 내가 이미 가본 곳을 가는 사람한테는 미리 한마디씩 하고 싶다. 그런데 그건 영화의 스토리를 미리 말해주는 것만큼 김 빠지는 일이라 삼가게 된다. 여행중 실시간으로 카톡을 통해 멋진 사진을 보내놓고도 우리나라가 얼마나 좋은지 다시 확인하는 시간이었다는 메시지가 많았다. 그저 더위에 밥 걱정 안 하고 온천에서 휴식이 되었다는 정도지 여행지에서 특별한 감동을 받았다는 말을 못 들어보았다. 이제는 세상 어디에 가도 우리나라가 더 좋은 것 같다고 한다. 정말 부러울 것이 없는 나라가 된 것일까?

나도 누구 못지않게 여행을 즐겨 했다. 또 여행을 방금 다녀온 사람에게서 따끈따끈한 여행 이야기를 듣는 걸 좋아한다. 그래서 무얼 느꼈느냐 무엇이 감동적이었느냐 일부러 묻곤 한다. 여행을 다녀오면 기억이 소중하여 사진과 글을 정리해 리포트를 해놓는다. 나중에 꺼내보면 까맣게 잊고 있었던 장면들과 느낌들이 되살아난다.

〈꽃보다 할배〉라는 여행 프로그램이 하도 인기가 좋다길래 보았더니 여행지 위주가 아니라 출연한 원로 탤런트의 노련한 연기나 긴장을 푼 멘트가 재미였다. 유럽의 곳곳이 우리 동네 골목의 모습보다도 친숙한 것은 미디어의 홍수 때문이 아닐까. 인터넷으로 여행지의 이름만 치면 튀어나오는 수많은 사진과 정보들이 오히려 여행의 상상력과 기대감과 설렘을 반감시켜준다. 별다른 사전 정보도 없이 미지의 공간에 가고 싶다는 소망을 가져보지만 이 나이에 가능할 것 같지가 않다.

어디어디 갔다 왔다고 뻐기는 여행, 유명하다는 맛집을 찾아다니며 자랑하는 여행이 아닌 조용히 즐기고 나만의 추억을 간직하는 오롯함이 그립다.

속초에서 동춘호라는 배를 타고 러시아 항구 자루비노라는 도시에 내려 훈춘을 거쳐 백두산에 오르던 그해 여름이 생각난다. 동해를 북으로 거슬러올라가며 허름한 배 갑판 위에서 별을 보았고 러시아의 변방에서 입출국 도장을 받기 위해 하염없이 기다렸으며 이튿날 비가 억수같이 오는 북파 백두산을 숨가쁘게 올라갔다. 급하게 사 입은 방수바지는 금세 뚫어져 물이 들어왔고 미끌미끌한 용암을 딛고 걷는데 눈앞이 아득해졌다. 누군가가 건네준 초콜릿이 아니었다면 쓰러졌을지 모른다는 생각에 아찔하다.

그러나 차일봉에서 안개가 걷히면서 모습을 드러냈던 천지, 달문이 바라보이는 곳에서 누가 시키지도 않았는데 스스로 감복하여 큰절을 올렸던 기억이 절절하다. 천지에서 장백폭포로 흘러가는 물을 보며 느꼈던 평화는 특별했다. 그 여정은 누구한테도 추천할 수 없을 정도로 고생스러웠지만 백두산을 밟고 천지를 눈에 담아 왔다는 기억에 뿌듯하다.

일본의 밥맛

　처음 책을 냈을 때의 경험인데 내가 일본에 대해 쓴 글을 편집자가 빼는 게 좋겠다고 했다. 나는 그 이유를 알고 싶어 조심스럽게 물었더니 일본에 관해 좋은 인상을 갖고 쓴 글이 대중에게 반감을 살 수가 있다고 했다. 특별히 일본을 찬양한 것도 아니고 좋은 면을 좋다고 한 것뿐이지만 책 전체의 인상이 흐려질 수가 있다고 했다. 일본에 대해서는 부정적인 면을 부각하는 것이 대세라는 것이었다. 일본에 대한 부정적인 시각은 요즘 와서 더욱 심화되고 있다.

　여름의 끝자락에 친구들과 북해도에 다녀왔다. 설국의 계절은 아니지만 일본에서도 처음 가보는 홋카이도라서 선뜻 나서게 되었다. 저가항공을 타고 신치토세 공항에 내렸는데 세계적인 인천공항에 비해서는 비교할 수 없이 작은 지방공항이지만 군더더기 없는 깔끔한 인상이었다. 리조트가 있는 니세코라는 곳으로 두 시간 가까이 차를 타고 가는데 가깝고도 먼 나라, 속을 알 수 없는 나라, 반성을 모르는 나라인 일본 땅에서 오래전부터 알고 있었던 듯 친숙함이 느껴진다.

중간에 들른 휴게소에는 일본도 휴가철이라 꽤 많은 사람들이 붐볐는데도 복잡하다기보다는 안정되고 질서 있게 보였다. 그들의 행동이 크지 않고 조심스러워서일까. 다양한 종류의 도시락과 먹을거리가 있었는데 450엔 정도의 도시락에 꽤 큰 새우튀김이 곁들여지고 가격에 비해 맛과 양이 아주 좋은 편이었다.

우리가 묵은 니세코의 호텔은 겨울에는 스키장이 되지만 여름에는 가족 단위로 주로 찾는 리조트였는데 그곳에서 지내는 동안 이런저런 생각을 정리하며 편안한 휴식을 하게 되었다.

일본 텔레비전 채널을 돌리다가 고교야구대회를 보게 되었는데 그 열기가 우리나라 프로야구보다도 훨씬 더했고 무엇보다 순수했다. 아깝게 진 편의 선수들이 고시엔 야구장의 흙을 주머니에 담아 가면서 울음을 터뜨리는 장면을 지켜보았다. 졌지만 결승까지 올라온 것이 영광이라는 뜻으로 운동장의 흙을 퍼 간다고 했다. 일본 특유의 검은 흙을 담는 고교야구선수들의 모습을 보면서 약간의 섬뜩함까지 느껴졌다. 한쪽에서는 규슈 가고시마에서 화산이 폭발하여 화산재가 도시를 덮는 뉴스가 나온다. 그들은 놀라지도 않고 차분하게 재난에 대처한다. 아무 일도 아니라는 듯이 차가울 정도로.

　며칠 지내면서 특별하게 인상에 남은 것이 흰쌀밥과 죽의 맛이었다. 좋은 쌀로 정성껏 지어 야드르르 물기를 머금은 흰쌀밥, 흰죽에 깔끔한 명란젓, 빨간 생새우의 달큰한 맛이 어떤 조리한 음식보다 훌륭했다. 빠르게 흐르는 냇물에 피어 있던 푸른 물망초와 농가의 마당에 핀 글라디올러스와 해바라기 꽃밭, 후지 산과 비슷하게 생긴 요테이 산의 풍광이 유난스럽지 않으면서도 고요한 편안함을 가져다주었다.

빈대떡 타령을 하는 까닭

명절이라 글쓰는 것을 한 주 쉬었더니 손이 영 움직여지지 않는다. 머릿속에는 소재가 꽉 차 있는데도 졸졸 흘러나오질 않는다. 추석명절을 지내느라 꺼내놓았던 그릇들을 제자리에다 원상복귀하고 일상에 돌아온 것은 길고 힘든 여정을 마치고 비행기가 무사히 도착한 것처럼 안도할 만한 일이다. 나박김치를 담그는 일부터 시작하여 거피한 녹두를 물에 담가 씻으며 껍질을 걸러내고 산적을 양념하고 나물을 무치고 토란국을 끓이고 솔잎을 따다가 송편을 찌고 하는 과정을 다 해내었다는 것이 스스로 대견하다. 그 과정은 무엇을 위해서일까? 정성을 다해 차린 차례상을 보며 주부로서 잠시 느낀 뿌듯한 성취감은 무슨 뜻일까? 조상에게 올리는 절을 하고 그 음식과 술을 나누어 먹으며 건네는 덕담들, 어깨를 두드리며 사랑을 부어주는 그 순간을 위해서가 아닐까? 올 추석은 음식을 준비하며 그 의미를 자꾸만 생각하게 되었다. 어머니 살아 계실 때는 딸로서 하던 일이었지만 윗사람이 가시고 나니 내 몫이 된 일이라서 더욱 그러한 것 같다.

빈대떡 거리를 준비할 때마다 느끼는 거지만 정말 공정이 많이 든다. 껍질을 걸러내고 돌을 가려내려면 오십 번은 씻어야 하는 것 같다. 숙주를 데쳐서 잘게 썰고(녹두전에 숙주를 넣는 것도 재미있다), 버섯을 데쳐놓고, 잘 익은 김치에서 고춧가루를 걷어내어 썰어놓고, 비계가 붙은 돼지고기를 잘게 썬다. 그래야 고소한 기름 맛이 밴다. 쪽파와 미나리도 적당한 크기로 썰어놓는다. 불린 녹두는 적당히 갈아야 한다. 너무 많이 갈면 밀가루 푼 것 같아지고 너무 적게 갈면 서걱거린다. 다 만들어진 재료를 부칠 때도 너무 두꺼워도 안 되고 얇아도 안 된다. 적당해야 한다. 그 모든 재료와 과정의 시간이 합쳐져서 나는 맛이 있다. 손길이 많이 들어간 음식, 요즘식으로 말하면 슬로푸드가 내는 맛이다. 일류 셰프들도 정말 중요한 레시피는 가르쳐주지 않는다고 한다.

손맛이 들어간 음식에는 정신이 들어가는 것 같다. 자연히 그 과정에서 생각을 많이 하게 된다. 껍질을 벗겨내면서 내 마음의 껍질과 때를 벗겨내고, 잘게 자르면서 한순간 한순간의 소중함을 생각한다. 재료 하나하나를 양념하면서 사람들 하나하나의 개성을 생각한다. 그 모든 것을 섞어내는 맛에서 나를 섞어버린 통합과 조화를 생각하게 한다. 각각 다른 색채와 맛과 영양을 지닌 고유한 재료가 섞여서 맛을 내는 오묘함이 한 점의 빈대떡이다. 모든 것이 숙성되어 나는 맛이다.

이렇게 빈대떡 타령을 하는 것은 내가 많이 살았기 때문이다. 그리고 또 아직도 살아야 할 날이 많이 남았기 때문이다. 정말 좋은 것에는 시간과 공력이 들어간다. 그리고 그렇게 갑자기 빛나지 않는다. 빠르게 빠르게들 살아왔지만 우리의 오래되고 느린 지혜가 미래의 우리를 지켜주리라 믿는다.

어머니의 어머니, 외할머니의 기억

어릴 때 집에서 한복을 입고 있었다고 한다면 무슨 조선시대도 아니고 놀랄지 모른다. 설날이나 추석, 돌날이 아닌 일상적인 날에도 한복을 입고 있었던 시절이 있었다. 외할머니가 우리들의 치마저고리를 지어서 보내주었다. 어른들 옷을 짓고 남은 자투리천으로 만들기도 했고 색동을 모아 붙이기도 했다. 겨울에는 솜을 두어 솜저고리를 만들어주기도 했다. 동생을 위해서는 부드러운 융으로 된 간편한복을 지어 보내주신 생각이 난다.

나보다 네 살이 어린 둘째 동생은 두 돌이 지났는데도 밤에 자다가 오줌을 가리지 못했다. 오줌을 가리지 못하는 건 기가 약해서 그렇다고 어느 날 외할머니는 닭똥집을 구해 오셨다. 외할머니는 할머니와 아버지의 생신날을 제외하고는 우리집에 오시는 일이 좀체로 없었는데 오줌을 못 가리는 동생의 약방문으로 닭똥집을 구해 오신 것이다. 잘게 썬 닭의 내장을 달달 볶아 어린 동생한테 먹였고 그후로는 신기하게도 자다가 오줌을 싸는 일이 없었다. 나는 동생에게 퍼부어진 외할머니의 염려와 사랑과 관심을 어린 마음에 부러운 눈길로 바라보았던 것 같다.

그때 외할머니의 근엄하고도 집중하는 표정이 지금도 또렷이 기억이 난다. 닭의 내장을 달달 볶던 고소한 냄새가 집 안에 퍼지던 기억이 또렷하다. 그 에피소드 때문인지 지금은 과학자가 된 동생의 모습에서 유난히 외할머니의 기운이 흘러내려옴을 느낀다. 그리고 명절이나 결혼식 때 입는 동생의 한복 태가 어찌나 외할머니를 연상케 하는지 "아주 외할머니가 환생한 것 같구나" 탄성을 발하기도 한다.

나는 외할머니와 많은 시간을 보냈다. 어머니는 아우를 볼 때마다 삼선교 외갓집에 나를 데려다놓으셨다. 삼선교에서 지금의 한성대에 이르는 길의 계단 밑 한옥이었다. 집 곁에는 높은 돌계단이 이어져 있고 외갓집 안방 유리창으로 보면 큰 바위 언덕이 있어 시원한 기운이 흘러내려 심산에 있는 듯한 고적함이 가득했다. 처음 며칠은 나에게 쏟아진 사랑에 그럭저럭 지냈지만 사흘째부터는 엄마가 보고 싶고 집에 가고 싶어도 말을 하지 못했다. 연년생 동생은 외갓집에 데려다놓으면 엄마를 부르며

삼선교 외갓집 근처에서 찍은 사진이다.
그 집 아래에 한옥으로 된 외갓집이 있었다.

울고불고 난리를 치니까 일하는 언니가 업고 집으로 돌아가야 했는데 나는 동생처럼 앙앙 울지도 못하고 말없이 참았다. 내가 참는 줄도 모르고 엄마는 나를 외갓집에 데려다놓았다. 외할머니가 아무리 잘해주어도 엄마가 보고 싶은 거다. 혼자서 엉뚱한 상상을 하게 된다. 딸들이 많으니까 나 하나쯤은 외가에서 자라게 하려는 것은 아닐까 하는 상상이 실제가 되어 조바심과 기다림의 한계점에 왔을 때에야 엄마가 나타났다. 그런데 나를 데리러 온 엄마가 반가워도 내색을 못한다. 그동안 나를 사랑해주고 보살펴준 외할머니가 서운해할까봐.

외갓집에서 견디기 어려웠던 것은 심심함이었다. 사촌오빠들은 학교에 가고 외숙모는 광장시장 가게에 나가고 집은 늘 정갈했지만 아버지가 부재한 집의 쓸쓸함이 깔려 있었다.

그러나 그런 쓸쓸함은 지금 와서 생각하는 것이지 그때는 할머니의 존재가 너무나도 기둥 같아서 꽉 차 있었다. 하숙생들에게도 할머니는 하숙집 할머니가 아니라 정신적인 지주같이 보였다. 늘 무릎을 꿇고 안방에 와서 정중하게 밥을 먹던 하숙생들의 모습을 생각하면 그런 일이 정말 있었던가 싶을 정도이다.

외할머니와 둘이 있을 때 주로 했던 것은 화투놀이다. 민화투를 하기도 했지만 화투장을 모두 뒤집어놓고 같은 패를 찾는 거다. 기억력 테스트 같았는데 어린 마음에도 외할머니의 기억력은 따라갈 수가 없다고 생각했다. 가끔씩은 내가 너무 많이 지지 않도록 봐주는 것도 느낄 수 있었다.

할머니는 부드러웠고 나긋나긋했고 중국의 고사를 꿰뚫는 유식함에 거침이 없었다. 조조나 유비나 제갈량 같은 영웅호걸들과 어깨를 나란히 하는 것이 할머니에게는 자연스러워 보였다. 많은 친척들이 존경했고 예우를 해주었다. 명절이 되면 박씨댁의 친척들은 말할 것도 없고 할머니의 친정식구들뿐 아니라 외숙모의 친정조카들까지 와서 할머니를 중심으로 북적였다. 외할머니는 우두머리였다. 나중에 어머니의 작품을 통해 본 외할머니의 모습은 강인했지만 나에게는 늘 자애롭고 옷 태가 고운 할머니였다.

얼마 전 외사촌오빠한테 들은 이야기다. 어느 날 삼선교 집 안방 창문으로 참새가 들어왔다. 할머니는 참새를 내보내주실 줄 알았는데 오히려 창문을 닫고 그 참새를 잡아서 화롯불에 구워먹었다고 한다. 할머니가 잡아서 구운 참새가 기가 막히게 맛있었다고 한다. 할머니는 그런 분이다. 하나도 버릴 게 없는.

언제 어디에서라도 살아남는, 눈에 호기심이 가득한 지혜로운 유머가 샘솟는 그런 분이다. 나는 할머니의 반의반도 못 따라간다. 평소 엄마도 그렇게 말했다. 엄마의 반도 못 따라간다고.

그래도 좋다. 외할머니 치맛자락에 스쳤던 그 쌩쌩한 바람소리, 조용하고 단아한 옷 태, 악력이 있던 손, 자글자글 빛나던 눈빛, 어머니 문학의 출발과도 같은, 누구도 따를 수 없었던 예지력을 기억할 수 있는 것만으로도 자랑스럽고 행복하다.